KB145437

아르슬란 전기

3
저무는 해 속의 비가悲歌

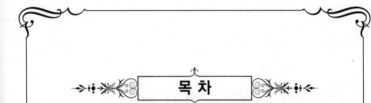

목 차

주요 등장인물

아르슬란: 파르스 왕국 제18대 샤오 안드라고라스 3세
　　　　　의 왕자.

안드라고라스 3세: 파르스 샤오

타호미네: 안드라고라스의 아내이자 아르슬란의 어머니.

다륜: 아르슬란을 섬기는 마르즈반(만기장萬騎長).
　　　　별명은 '마르단후 마르단(전사 중의 전사)'.

나르사스: 아르슬란을 섬기는 전前 다이람 영주.
　　　　　미래의 궁정화가.

기이브: 아르슬란을 섬기는 자칭 '유랑악사'.

파랑기스: 아르슬란을 섬기는 카히나(여신관).

엘람: 나르사스의 레타크(몸종).

이노켄티스 7세: 파르스를 침략한 루시타니아의 국왕.

기스카르: 루시타니아의 왕제王弟.

보댕: 루시타니아 국왕을 섬기는 이알다바오트 교의
　　　대주교.

히르메스: 은가면. 파르스 제17대 국왕 오스로에스
　　　　　5세의 아들. 안드라고라스 3세의 조카.

암회색 옷의 마도사: ?

자하크: 사왕蛇王.

바흐만: 파르스의 마르즈반.

키슈바드: 파르스의 마르즈반.

별명은 '타히르(쌍검장군)'.

카리칼라 2세: 신두라의 라자(국왕).

가데비: 카리칼라 2세의 왕자. 어머니는 귀족.

라젠드라: 카리칼라 2세의 왕자. 어머니는 노예.

마헨드라: 신두라의 페슈와(세습재상世襲宰相).

아즈라일: 키슈바드가 키우는 샤힌(매).

알프리드: 조트 족장의 딸.

제1장 국경의 강

I

협곡에 휘몰아친 바람이 메마른 냉기의 칼날로 밤을 꿰뚫었다.

라젠드라 왕자가 이끄는 신두라군 5만은 이렇게 비우호적인 기상 조건 속에서 파르스와의 국경에 흐르는 카베리 강을 건너 서쪽으로 진군하고 있었다.

강대하여 영화를 누리던 파르스도 북서쪽에서 침입한 루시타니아군에게 대패하여, 왕도 엑바타나는 점령당했으며 국내는 혼란에 빠졌다고 한다. 그 틈에 오랜 세월에 걸친 국경분쟁에 종지부를 찍고 광대한 영토를 뜯어내자. 그렇게 되면 가데비 왕자와의 왕위 계승 다툼에 유리한 조건이 될 것이 분명하다. 그것이 라젠드라 왕자의 야심이었다.

"가데비 놈에게 추월당할 수는 없지. 신두라의 역사에 불멸의 이름을 새길 사람은 바로 나다."

밤에도 눈에 두드러지는 순백색 말에 황금 안장을 얹은 라젠드라 왕자는 가증스러운 이복형제의 이름을 모멸을 담아 경칭도 없이 불렀다.

이 해는 파르스력 320년이었지만 신두라 력으로는 321년에 해당했다. 사실 신두라는 건국한 지 250년 정도밖에 되지 않았으나, 국부 쿨로툰가 왕이 즉위하면서 당시보다 70년 정도를 거슬러 올라간 연호를 제정했다. 쿨로툰가 왕의 조부가 탄생한 해에 맞춘 것인데, 그런 설명은 아무도 믿지 않았다. 사이가 나쁜 이웃나라 파르스에게 '우리나라의 역사가 더 오래 됐다'고 과시하기 위해서였다.

파르스에게는 불쾌하기 그지없었지만 타국의 연호를 바꾸도록 강요할 수는 없다. 일방적으로 전쟁에 이기지 않는 한 그런 일은 불가능했다. 파르스가 불쾌하거나 말거나 신두라는 해마다, 대마다 역사를 쌓아나갔다.

그리고 현재, 라자(국왕) 카리칼라 2세는 병으로 쓰러져, 두 왕자가 왕위를 두고 다툼을 벌이는 것이다.

라젠드라 왕자는 스물네 살이어서 파르스 왕태자 아르슬란보다 딱 열 살이 많다. 신두라인답게 짙은 갈색 피부와 끌로 깎아낸 것처럼 뚜렷한 이목구비를 가졌으며,

웃으면 녹아들 것 같은 매력이 넘치는 사람이다. 하지만 이 매력이야말로 그의 방심할 수 없는 점이라는 것이 그를 적대하는 가데비 왕자와 그 일파의 생각이었다.

"매력적인 웃음을 지으면서 상대의 목을 따버리는 것이 라젠드라 놈의 본성이지."

배다른 형제인 가데비는 씁쓸한 어조로 이렇게 말한다.

"애초에 라젠드라 놈이 고분고분 내 왕위 계승권을 인정했다면 아무 파란도 일어나지 않았을 것을. 한 달이라고는 해도 내가 먼저 태어났고 어머니의 신분 또한 높지 않나. 호족들의 지지도 내게 있고. 처음부터 놈이 나설 차례는 있지도 않았거늘."

배다른 형제가 왕위를 다툴 때 어머니의 신분이 높은 편이 유리해지는 것은 어느 나라나 마찬가지다. 그 점에서 가데비의 주장은 부당하지 않다. 반면 라젠드라에게도 할 말은 있었다. 이것이 제법 신랄했다.

"재능으로 보나 기량으로 보나 왕이 되기에는 내가 더 합당하지. 내 말이니 틀림없어. 가데비도 그리 무능한 건 아니지만, 나와 같은 시대에 태어난 것이 놈의 불행이다."

뻔뻔한 말이지만 어쨌든 그는 신두라 국내의 반 가데비 파를 결집시키는 데 성공했다. 그는 이복형제에 비해 훨씬 통이 커 하급 병사나 가난한 민중에게 인기가 있었던 것이다. 가데비는 민중 앞에 전혀 모습을 드러내지 않고 호족들의 장원이나 왕궁에서만 생활한다. 라젠드라는 부담 없이 시내에 나가 재주꾼의 춤을 구경하고, 상인들과 경기에 대한 이야기를 나누고, 술집에서 취해 떠들어대기도 했다. 이렇게 되면 민중의 눈에는 가데비가 거드름을 피우는 것처럼 보여도 어쩔 도리가 없다.

그리고 지난달에 가데비가 파르스 국내로 출병했다가 실패했으므로, 라젠드라는 이를 자신의 손으로 성공시키고자 하는 꿍꿍이가 있었다.

카베리 강 서쪽 기슭, 파르스의 동방국경에는 페샤와르 성새가 의연히 솟아 있었다.

동방의 세리카로 이어지는 대륙공로를 장악한 이 성새는 붉은 사암으로 지어진 성벽 안쪽에 2만 기병과 6만 보병을 거느리고 있다. 그리고 지금은 단순히 파르스의 최중요 군사거점일 뿐만 아니라 파르스 왕조를 재흥시키기 위한 본거지이기도 했다. 얼마 전 파르스 왕태자 아르슬란이 소수의 부하에게 호위를 받으며 이 성새에 도착했기 때문이다.

아트로파테네 회전에서 파르스군이 침략자 루시타니아군에게 참패한 후로 샤오(국왕) 안드라고라스 3세, 왕태자 아르슬란이 모두 행방불명이었으나, 이제야 겨우 파르스군이 주군으로 섬길 인물이 모습을 나타낸 셈이었다.

아르슬란은 아직 미숙한 열네 살 소년이며, 그를 따르는 부하는 남녀를 합쳐 겨우 여섯 명뿐이었다. 그러나 국왕 안드라고라스의 생사가 불분명한 이상 왕태자인 그가 파르스의 독립과 통일을 상징하는 유일한 인물이었다. 게다가 그의 부하들 중 적어도 파르스 최연소 마르즈반(만기장萬騎長)이었던 다륜과 다이람 지방의 옛 영주였던 나르사스는 이 나라를 대표하는 인재라는 평가를 받고 있다.

그날 밤은 길고도 사건이 많았다. 아르슬란을 집요하게 노리는 은가면을 성벽에서 떨어뜨린 직후, 신두라군 내습 소식이 도착했기 때문이었다.

은가면을 쫓을 상황이 아니었다.

페샤와르 성새를 지키는 책임자는 두 명의 마르즈반, 바흐만과 키슈바드였으나 늙은 바흐만이 요즘 현저히 생기를 잃어 거의 키슈바드가 방어전 지휘를 맡아야만 했다.

한편 아르슬란 왕자의 군사를 맡은 나르사스는 침략자 루시타니아군에게 지배당한 왕도 엑바타나를 탈환하기 위해 지혜를 쥐어짜내고 있었다.

나르사스의 구상에서는 보병 6만은 당장에 전력으로 계산하지 않고 있었다. 이유는 두 가지인데, 하나는 정치적인 이유였다. 장래 아르슬란이 왕위에 오르면 굴람을 해방한다고 선언하게 될 텐데, 파르스에서 보병은 곧 굴람이었으므로 그들을 해방해주어야 앞뒤가 맞는다. 그들의 장래에 대해서는 이미 나르사스에게 복안이 있었다.

　또 한 가지는 군사적인 이유였다. 보병 6만을 움직이려면 6만 명이 먹을 식량이 필요하다. 페샤와르 성에는 현재 충분한 양식이 있긴 했으나 이것은 어디까지나 성새에 머물며 적과 교전할 때의 이야기이다. 8만 장병이 멀리 출정을 나간다면 병량을 수송해야 하며, 수송하기 위한 우마牛馬와 수레가 필요하다. 이를 갖추기가 쉽지 않았다. 설령 갖춘다 해도 행군 속도가 떨어진다. 그러느니 기병만으로 신속하게 행동하는 편이 보급의 부담도 가벼워질 것이다.

　그러나 당장은 왕도탈환작전 전에 눈앞의 적인 신두라군을 정리해야만 한다. 아르슬란의 상담을 받은 나르사스는 침착한 태도를 보였다.

　"심려치 마십시오, 전하. 우리 군의 승리를 따지기 이전에, 신두라군이 패배할 이유가 세 가지 있습니다."

　"그게 무엇인가?"

아르슬란은 맑게 갠 밤하늘색 눈동자를 빛내며 몸을 내밀었다. 과거 왕궁에서 생활했을 때도 교사에게 군략이나 용병에 대해 배운 적이 있었으나 별로 재미있다고는 생각하지 않았다. 그러나 나르사스의 설명은 언제나 구체적이며 설득력이 풍부해 아르슬란의 흥미를 자극했다.

나르사스는 직접 대답하지는 않고 벗을 쳐다보았다.

"다륜, 자네는 세리카에 머문 적이 있지. 그 위대한 나라에서, 싸울 때 주의해야 할 세 가지 이치가 무엇인지 배우지 않았나?"

"천시天時, 지리地利, 인화人和 말이군."

"바로 그거야. ——전하, 이번에 신두라군은 이 세 가지 이치를 모두 어겼습니다."

나르사스는 설명했다. 우선 '천시'를 보자면, 계절은 현재 겨울이며 더위에 익숙한 남국 신두라의 병사들에게는 힘든 시기이다. 신두라군이 최강의 전력으로 자랑하는 것은 전투코끼리 부대인데 코끼리는 특히 추위에 약하다. 이는 천시를 어긴 것이 된다.

둘째로 지리를 보자면, 신두라군은 국경 밖에서, 그것도 밤에 행동하고 있다. 동이 트기 전에 기습을 감행할 생각이겠지만 지형에 밝지 못한 자들에게는 무모하다 해야 하리라.

셋째로 인화를 보자면, 가데비든 라젠드라든 왕위를 두고 다투고 있음에도 한때의 욕심에 사로잡혀 파르스를 침공했다. 만일 경쟁 상대에게 알려진다면 후방에서 습격을 당할 것이다. 이 위험을 신두라군이 등에 지고 있는 한 설령 대병력이라 해도 두려워할 필요는 없다.

"저희는 전하를 위해 신두라군을 꺾고, 겸사겸사 앞으로 2, 3년 정도는 동방국경을 평안케 해 보이겠습니다."

나르사스는 태연한 모습으로 꾸벅 고개를 숙였다.

II

붉은 사암 성벽에 에워싸인 페샤와르 성의 안뜰과 앞뜰은 출동할 인마로 북적거렸다.

이들은 페샤와르의 사령관 마르즈반 키슈바드가 지휘한다. 그는 말에 올라탄 채 척척 명령을 내렸고, 병사들의 움직임 또한 다급하기는 해도 혼란스럽지는 않았다.

갑주를 갖추고 애마에 걸터앉은 다륜과 나르사스가 그 광경을 보며 작은 목소리로 이야기를 나누었다.

"적은 병력으로 많은 병력을 깨뜨린다는 건 용병의 사도라고 자네가 그러지 않았나? 생각이 바뀌었나?"

"아니, 바뀌지 않았네. 용병의 정도는 우선 적보다도 많은 병력을 갖추는 것이니까. 하지만 이번에는 굳이 사도로 가고자 하네. 이유는 이렇지."

나르사스는 벗에게 설명했다.

자신들에게는 아르슬란 전하가 여기 있노라, 하는 사실을 온 파르스에 떨칠 필요가 있다. 그러려면 사실을 가지고 선전하는 것이 가장 좋다. 그리고 명성을 단숨에 높이려면 소수의 병력으로 대군을 격파해야 한다. 한번 명성을 세우면 이를 바라고 아군은 자연스레 모이게 되어 있다.

"앞으로 우리는 국경을 넘어 신두라의 영토 내에서 싸우게 될 걸세. 그리 많은 병력을 동원하기는 힘들지. 게다가……."

나르사스는 지적인 얼굴로, 짓궂기도 하고 장난스럽기도 한 표정을 언뜻 내보였다.

"게다가 상대가 우리의 병력이 그리 많지 않다고 생각해주는 편이 여러 모로 편리하거든. 다륜, 자네는 무조건 라젠드라 왕자를 산 채로 잡아줘야겠어."

"알겠네. 생사를 불문한다면 편하고 좋겠지만."

국경을 침입한 라젠드라군은 약 5만. 총지휘관은 라젠드라 왕자라는 사실이 이미 척후의 보고로 판명되었다. 키슈바드는 동방국경의 수호자로써 책임을 두루두루 다하고 있다. 그저 쌍검을 휘둘러 싸우기만 하는 사내가 아니었다.

나르사스는 그가 있는 곳으로 말을 몰았다.

"키슈바드 장군. 기병을 오백 정도 빌려주실 수 있을지. 그리고 지형에 밝은 안내인 한 사람을 부탁드리고 싶은데."

"알겠네. 허나 겨우 오백 가지고 되겠나? 자릿수를 하나 올려드려도 상관없네만."

"아니, 오백이면 충분하네. 그리고 한동안은 방어전에만 치중하시고 성에서는 출격하지 마시게. 신두라군이 퇴각을 시작하면 신호를 보내드릴 테니, 그때 추격하면 승리는 힘들이지 않고 얻을 수 있을 걸세."

파랑기스와 기이브에게는 아르슬란을 경호해 달라고 부탁한 나르사스는 안내인을 불러 재빨리 말을 맞춰 두었다.

모든 준비를 마친 후 나르사스는 아르슬란에게 사정을 설명하고 준비에 대한 승낙을 청했다. 왕자는 대답했다.

"나르사스가 정한 일이라면 나에게는 이의가 없으니 일일이 허가를 구하지 않아도 되네."

다이람 지방의 옛 영주인 젊은 군사는 자신을 신뢰해 주는 왕자에게 웃음을 지었다.

"전하. 책략을 세우는 것은 저의 역할이오나 판단과 결정은 전하의 책임입니다. 번거로우시더라도 앞으로는 일일이 허가를 구하겠습니다."

"알았네. 허나 오늘 밤 성문을 나간 후로는 그대와 다륜이 편할 대로 움직여 주게."

대답을 얻은 나르사스는 이번에는 자신의 레타크(몸종) 소년 엘람을 불렀다. 그에게 해주어야 할 일의 순서를 설명하고 있으려니 불그레한 기운을 띤 머리카락에 하늘색 천을 감은 열예닐곱 살의 소녀가 다가왔다. 장래에 나르사스의 아내가 될 거라고 자칭하는 소녀, 알프리드였다.

"엘람이 할 수 있는 일이라면 나도 할 수 있어. 뭐든 말해봐."

"참견쟁이!"

"시끄러워. 난 나르사스하고 얘기하는 중이야."

"자자, 싸우지 말고 둘이 나눠서 해 다오."

나르사스는 쓴웃음을 지으며 소녀와 소년을 다독이고 신두라어 문장을 적은 양피지를 손에 들려 주었다. 이것은 파르스 문자로 적어놓았으며 형광물질을 섞은 잉크로 썼으므로 어둠 속에서도 읽을 수 있었다. 신두라어의 뜻을 알지 못해도 큰 소리로 외치기만 하면 그만이었다.

나르사스는 바빴다. 소년과 소녀가 신이 나 뛰어가자 이어서 파랑기스와 기이브에게 부탁했다.

"파랑기스, 부디 바흐만 옹의 언동에 주의해주게. 노

인장은 어쩌면 스스로 죽음을 택할지도 모르니."

미모의 카히나(여신관)는 녹색 보석과도 같은 눈동자를 반짝 빛냈다.

"다시 말해 바흐만 옹이 품은 비밀이 그만큼 무시무시한 것이라는 말씀이로군. 죽음으로 감추어야만 할 정도로."

"적어도 노인장에게는 그럴 걸세."

나르사스의 말에 기이브는 비아냥거리듯 두 눈을 빛냈다.

"그런데 나르사스 경, 당신에게는 오히려 그 편이 바람직하지 않을까? 그 노인은 아주 어둡고 무거운 비밀을 품고 있지. 게다가 그 무게 때문에 스스로 땅속으로 잠기려 하고 있어. 아예 내버려 둬서 자멸시키는 편이 뒤탈이 없을 것 같은데, 내가 보기엔."

파랑기스는 입을 다물고만 있었으나 기이브의 신랄한 의견에 꼭 반대하지만은 않는 것 같았다.

"그건 노인장이 한마디도 하지 않았을 때의 이야기일세. 그렇게까지 의미심장한 말을 해놓은 이상 그가 알고 있는 비밀은 모두 털어놓아야지, 그렇지 않으면 되레 화근이 훗날까지 남아 버릴 걸세."

"그렇게 되나?"

"죽은 후에 후회해 봤자 때는 늦으니, 부디 잘 부탁하네."

나르사스는 오가는 인마의 대열을 피하면서 성문 앞의 광장까지 말을 타고 나아갔다. 다륜은 이미 대열을 갖춘 오백 기병을 거느리고 나르사스가 오기를 기다리고 있었다.

"다륜, 자네에게 묻겠네. 어디까지나 가정일세. 만일 아르슬란 전하께서 왕가의 정통한 핏줄을 잇지 않았다면 어떻게 하겠나?"

흑의기사의 대답은 의연하며 흔들림이 없었다.

"어떤 사정이 있든, 어떤 비밀이 있든 아르슬란 전하는 나의 주군일세. 하물며 전하 자신은 이 사정인지 비밀인지에 대해 아무런 책임도 없으시지 않나."

"그렇지. 자네에게는 물어볼 필요도 없었군. 공연한 소리를 했네. 용서해주게."

"그런 건 아무래도 상관없네. 그보다도 나르사스, 자네도 전하를 잘 보필해주고 있는데 전하의 그릇을 실제로 어떻게 가늠하나? 괜찮다면 가르쳐 주게."

"내 생각에 아르슬란 전하는 주군으로서 남들이 얻기 힘든 자질을 가지셨네. 다륜 자네라면 이해해주리라 생각하네만, 전하는 어지간해서는 부하에게 질투란 것을 하지 않으시지."

"흐음……?"

"어중간하게 자신의 무용이나 지략에 자신이 있으면

부하의 재능과 공적에 질투를 품는 법이야. 심지어 의심하고 두려워해 죽여버리기도 하지. 그러한 어둠이 아르슬란 전하께는 없네."

새까만 투구 안에서 남자다운 다륜의 얼굴에 가벼운 곤혹의 빛이 어렸다.

"자네의 말을 들으니 어쩐지 아르슬란 전하는 당신께서 무능한 것을 알고도 아랑곳하지 않는다는, 그런 소리처럼 여겨지네만……."

"그게 아니야, 다륜."

나르사스는 웃으며 고개를 가로저었다. 다륜의 머리카락이 마치 흑의의 일부인 것처럼 새까만 반면 나르사스의 머리카락은 색이 엷다. 파르스에는 예로부터 동서의 온갖 민족이며 인종이 유입되어 머리카락이나 눈의 색이 매우 다채로웠다.

"우리는 비유하자면 말일세. 다소 자만해도 괜찮다면 명마 축에 속할 걸세. 반면 아르슬란 전하는 기수야. 명마를 모는 기수가 명마와 마찬가지로 빨리 달려야 할 필요가 있을까?"

"……그렇군. 잘 알았네."

다륜도 웃으며 고개를 끄덕였다.

이윽고 두 사람은 오백 경기병輕騎兵을 이끌고 어두운 성문을 나왔다. 그 모습을 안뜰에 인접한 노대露臺 위에서 아르슬란이 내려다보고 있었다. 황금 투구가 별빛과 횃불 불빛의 파도를 받아 반짝였다.

"다륜 경과 나르사스 경이 지휘하면 오백 기로도 오천 기를 능가하는 활약을 보일 것입니다. 전하는 저희와 함께 길보를 기다리시면 될 줄로 압니다."

마르즈반 키슈바드는 그렇게 말하고, 아르슬란도 동의했으나 조금 불안하기도 했다. 언제나 다륜이나 나르사스에게 위험한 일을 시키고 자신은 안전한 곳에 있다는 생각이 들었던 것이다. 왕태자인 자신이야말로 기꺼이 위험을 무릅써야 하지 않을까.

"전하는 이곳에 계셔야 하옵니다. 그렇지 않다면 나르사스 경이나 다륜 경이 어디로 돌아오겠나이까."

파랑기스가 웃으며 그렇게 말해주어 아르슬란은 슬쩍 얼굴을 붉히며 고개를 끄덕였다. 자신이 함부로 나돌아다니는 것보다는 다륜이나 나르사스에게 맡겨두는 편이 분명 더 좋은 결과를 낳을 것이다. 그렇지만 남의 위에 서서 가만히 있는다는 것은, 미숙한 자에게는 그것만으로도 충분히 부담이 되는 모양이었다.

파랑기스가 노대에 아르슬란을 남겨두고 키슈바드와 경비에 대해 의논하고자 방을 나갔을 때, 복도를 따라 돌아오던 기이브와 마주쳤다.

"어디를 다녀오시나? 아르슬란 전하의 곁에 계셔야

하는 이때에."

"금방 가겠습니다. 사실은 노인장의 방을 잠깐 살펴보고 왔습니다만……."

"에란(대장군)께서 보내셨다는 편지 말씀이신가."

"바로 그거지요."

키슈바드의 동료인 마르즈반 바흐만은 아트로파테네 회전에서 전사한 에란 바흐리즈의 전우였다. 바흐리즈는 회전 직전에 바흐만에게 편지를 보냈으며, 아무래도 파르스 왕실에 대한 중대한 비밀을 털어놓은 것으로 보였다.

바흐만이 그 편지를 어디에 숨겨놓았는지, 기이브만이 아니라 다들 궁금해하고 있을 것이다.

"영감님이 죽는 거야 상관없지만, 그 편지가 이상한 놈의 손에 들어가기라도 하면 일이 꼬일지도 모르니 말입니다."

기이브 본인 또한 남에게 종종 '이상한 놈'이라는 평가를 받지만 그 사실은 멀찌감치 제쳐놓고 주워섬긴다.

파랑기스와 헤어져 아르슬란이 있는 노대 쪽으로 가던 기이브는 복도 한복판에서 발을 멈추었다. 허리춤의 검에 손을 대고 주위의 벽을 눈으로 훑었다. 하지만 그의 눈에 걸려드는 사람의 모습은 없었다.

"……기분 탓인가."

중얼거리고 기이브가 떠나간 후, 아무도 없던 복도에서 기괴한 현상이 일어났다.

나직한, 악의를 머금은 웃음소리가 살짝 공기를 흔들었다. 포석이 깔린 복도 구석에서 생쥐 두 마리가 낡은 빵조각을 사이좋게 쏠고 있다가 겁을 먹고 울음소리를 내며 움츠러들었다. 그 웃음소리는 돌벽 속에서 새어나왔으며, 심지어 벽 속을 천천히 이동했던 것이다.

III

신두라군의 이변은 지극히 소소하게 시작되었다.

사실 적국의 영토 내이며 심지어 밤이므로 행군의 질서를 잡기는 어렵다. 장교들은 대열을 벗어나거나 낙오하는 자가 없도록 눈을 빛냈다. 병량 수송대에서도 창병들이 벽을 이루어 밀며 고기를 실은 우차 주위를 엄중하게 지키고 있었다.

그러나 위쪽을 지키기란 불가능하다. 메마른 한풍에 목을 움츠리며 행군하던 병량 수송대 병사들은 이상하게 바람 소리가 날카로워진 것을 알아차렸다. 그러나 그 의미를 알아차리기도 전에 그들의 머리 위에서 수십 개의 화살이 쏟아졌다.

비명이 터졌다. 병사들은 장교의 명령대로 창을 들고

주위의 공격에 대비했다.

그러나 우차를 끌던 소에게 화살이 명중했을 때 혼란은 폭발적으로 확대되었다.

소가 비명을 지르며 폭주하기 시작했다. 소에게 받힌 병사가 다른 병사를 넘어뜨리고, 넘어진 후에는 소와 수레에 치여 목숨을 잃었다.

좁은 길을 밀집대형으로 지나가려 했기 때문에 사람과 소와 수레가 서로 밀치고 부딪치고 쓰러져서, 장교들의 제지 따위는 아무런 도움도 되지 않았다.

"기습이다!"

고함이 터졌다. 주의를 기울였다면 그것이 소년과 소녀의 목소리였음을 알아차렸을지도 모른다.

"적의 기습이다! 파르스군이 아니라, 가데비 왕자의 군대가 후방에서 쳐들어왔다!"

그 목소리가 한번 신두라군에 침투한 후에는 신두라 병사들이 알아서 유언비어를 퍼뜨려 주었다. 밤과 화살과 유언비어가 소용돌이치는 가운데 신두라군의 혼란과 당혹감은 급속도로 부풀어만 갔다.

"무슨 일이냐. 왜 소란을 떠는 게냐?"

백마의 안장에서 라젠드라 왕자는 눈살을 찡그렸다.

페샤와르 성새를 눈앞에 두고 군 후방에서 혼란이 전해져왔으니 불안감과 불쾌감을 느끼지 않을 수 없었다. 그때 낯빛이 바뀐 장교 하나가 보고를 위해 후방에서 말을 몰아 달려왔다.

"라젠드라 전하, 큰일이옵니다."

"큰일이라는 게 무엇이냐."

"가데비 왕자가 대군을 이끌고 아군의 후방을 기습하였다 하옵니다."

"뭐야?! 가데비가……!"

라젠드라는 숨을 멈추었으나, 이내 경악에서 벗어났다.

"그런 멍청한 소리가 어디 있느냐. 내가 이곳에 있다는 것을 가데비가 어떻게 안다고. 무언가 착각했겠지. 다시 한 번 확인하라."

"하오나 전하, 어쩌면 이제까지 우리의 행동이 가데비 일파에게 모두 감시당하고 있었는지도 모르는 일이옵니다."

이 주장은 사실 앞뒤가 뒤바뀐 것이었다. 가데비 왕자의 기습이라는 '사실'을 믿어 버린 탓에 그 확신을 보강하고자 자못 그럴듯한 추리를 머릿속에서 조립해낸 것이다. 신두라군에 '인화'가 없음을 간파한 나르사스의 유언비어 전법에 그들이 멋지게 놀아나고 만 꼴이었다.

라젠드라의 측근들은 동요한 끝에 입을 모아 젊은 주

군에게 진언했다.

"전하, 이렇게 좁은 길에서 후방이 막힌다면 전투에 불리하옵니다. 만일 전방에서 파르스군이 접근한다면 협공당하고 말 것이옵니다. 일단은 카베리 강 기슭까지 물러나 주시옵소서."

"아무것도 얻지 못하고 물러난단 말이냐."

혀를 찼으나 라젠드라는 아군의 동요가 앞으로 더욱 확대되리라 내다보고 있었다. 억지로 전진해 봤자 의미가 없으니 카베리 강까지 물러나자. 그렇게 결의하고 후퇴를 명령했다.

그런데 명령을 내리면 내린 대로 그것이 혼란의 씨앗에 비료를 뿌려주는 법이다. 지휘관의 판단이 얼마나 신속하고 정확하게 말단까지 전해지는가가 군대의 질을 결정하는 요소인데, 이날 밤 신두라군은 그야말로 갈팡질팡해 전혀 통일된 행동을 보이지 못했다. 어떤 부대는 물러나려 하고, 다른 부대는 전진하고, 또 다른 부대는 눈치를 살피려고 가만히 있는 사이에 앞뒤에서 일어난 혼란에 휘말려 들고 말았다.

"라젠드라 왕자님께, 전하께 서둘러 아뢰어야 할 사항이 있다! 전하께서는 어디에 계시는가?!"

어둠 속에서 그런 질문이 날아들었을 때 즉시 수상쩍게 여겨야 했을지도 모르지만 라젠드라는 5만 대군이

보호해준다는 자신의 안전을 믿고 있었다. 나르사스가
이에 대해 평가했다면 인원을 확보한 후의 운용에 문제
가 있었다——고 하지 않았을까.

"라젠드라는 여기 있다. 무슨 일이냐."

"큰일이옵니다."

"큰일이라는 말은 이제 질렸다. 대체 무엇이냐."

"신두라의 라젠드라 왕자가 불행히도 파르스군에게
사로잡혀 포로가 되었다 하옵니다."

"뭐?!"

그때 전방의 어둠이 크게 출렁거렸다.

한 줄기의 가느다란 불이 밤하늘로 뻗어나가는가 싶더
니, 이를 쳐다보는 사이에 밤의 밑바닥에서 말발굽 소
리가 쩌렁쩌렁 울려 퍼졌다. 페샤와르 성새에서 키슈바
드의 부대가 달려나온 것이었다.

키슈바드의 부대는 우선 성문에서 전방의 어둠을 향해
화살비를 퍼부어댄 다음 장창 끝을 가지런히 모으고 달
려들었다. 신두라군의 진형을 호되게 무너뜨린 후 깊이
파고들지는 않은 채 후퇴했다. 여기에 유인당해 신두라
군의 선두가 전진하면 화살의 사정거리 안으로 끌어들
여 화살을 쏘고, 움츠러들었을 때 또다시 돌진해 무너
뜨리는 것이었다.

"라젠드라 왕자. 우리의 예정대로 포로가 되어 주셔야

겠소.”

그 목소리와 함께 수평으로 날아든 참격을 라젠드라
는 간신히 튕겨냈다. 눈앞에서 튄 불꽃이 한순간 상대
의 얼굴을 비춰 주었다. 젊고 대담무쌍한 얼굴. 신두라
인의 생김새가 아니었다.

잇달아 날아드는 나르사스의 참격을 라젠드라는 잘 막
아냈으나 10합 정도 만에 금방 열세에 몰렸다. 그때 반
대편에서.

“나르사스, 언제까지 머뭇거릴 텐가!”

다른 검 한 자루가 짓쳐들었다.

라젠드라는 당황했다. 1대 1로도 승산이 불안한데 1
대 2가 되면 저항할 도리가 없었다. 그는 신두라의 옥좌
에 앉기 전까지는 죽을 마음이 없었다.

검을 거두고 기수를 돌려 도망치기 시작했다. 그것도
그저 도망치기만 한 것이 아니었다.

“오늘은 이만 용서해주마. 다음에 만나면 살려두지 않
겠다.”

상황이 이렇게 되었는데도 어깨 너머로 돌아보며 허세
가 담긴 말을 남긴 점은 숫제 존경스러울 정도였다.

“헛소리 마라!”

다륜의 검이 밤바람과 라젠드라의 투구를 장식한 공작
깃털을 단칼에 베어 버렸다. 황급히 고개를 움츠린 라

젠드라에게 이번에는 나르사스의 검이 날아들었다. 검을 들어 막아 냈으나 나르사스의 손목이 민첩하게 돌아가자 라젠드라의 검은 상대의 검에 얽혀 어둠 저편으로 날아가고 말았다.

라젠드라는 도망쳤다.

백마는 준족이었으며 라젠드라도 허술한 기수는 아니었다. 그러나 보석이나 상아 세공을 잔뜩 장식한 황금 안장은 지치기 시작한 백마에게 너무 무거웠다. 이 사실을 깨달은 라젠드라는 달리면서 안장의 가죽끈을 풀어선 내팽개치고 맨등에 앉아 계속 도망쳤다.

그러나 어둠 속에서도 훤히 보이는 백마를 고집한 것이 애초에 잘못이었다. 활시위 우는 소리가 울리고, 백마는 목에 화살을 맞아 높이 울부짖으며 비틀거리다 땅에 쓰러졌다.

라젠드라는 백마 등에서 내동댕이쳐졌다. 등을 호되게 땅바닥에 부딪쳐 숨이 막혔다. 겨우 일어나려 했을 때 느닷없이 갑주의 가슴께를 짓밟는 자가 있었다. 하얗게 빛나는 칼이 그의 코끝을 겨누었다.

"움직이면 죽을 거야, 신두라의 미남자."

어린 여자의 목소리가 파르스어로 말했을 때, 다룬과 나르사스도 그 자리에 말을 몰아 달려왔다.

IV

날이 뿌옇게 밝으려 하는 페샤와르 성새의 안뜰.

신두라의 왕자인 라젠드라 전하는 호화로운 비단옷과 갑옷을 걸친 채 밧줄에 단단히 묶여 아르슬란 앞에 끌려 나왔다. 밧줄 한쪽 끝을 잡은 사람은 수훈을 세운 알프 리드였다.

아르슬란 앞에 책상다리를 하고 앉은 라젠드라는 분노로 날뛰거나 하지는 않았다.

"이거 참. 내가 졌소이다, 졌어. 훌륭하게 당했구려."

파르스어로 크게 말하며 활달하게 웃었다. 내심은 어떤지 모르지만 표정에도 목소리에도 주눅 든 기색은 없어, 일국의 왕자답게 침착한 모습이었다.

"알프리드, 잘해 주었다."

아르슬란이 칭찬하자 조트 족장의 딸은 조신스럽게 고개를 숙였다.

"아니옵니다. 나르사스 경의 책략이 공을 발휘한 결과인 줄 아옵니다."

'나의 나르사스'라고 소유권을 주장하지 않아 나르사스는 내심 안도했을지도 모른다.

"라젠드라 왕자. 나는 파르스의 왕태자 아르슬란입니다. 다소 난폭했으나 드리고 싶은 말씀이 있어 이렇게 초대하였습니다."

"나는 신두라의 왕자이며 차기 라자일세. 할 말이 있다면 이 밧줄을 풀고 왕족으로 예우해주게. 그 후에 정식으로 이야기를 듣지."

"지당하신 말씀입니다. 즉시 풀어 드리지요."

아르슬란이 직접 라젠드라의 포승을 풀어 주려 했으므로 나르사스가 다륜에게 눈짓을 했다. 고개를 끄덕인 흑의기사가 아르슬란에게 고개를 숙여 양해를 구하고 앞으로 한 걸음 나서더니 허리의 장검을 뽑았다.

라젠드라가 흠칫해 몸을 굳혔다. 그의 몸을 향해 칼날이 하얗게, 날카롭게 번뜩였다.

공갈이었다. 그러나 시위효과는 확실했다. 몸 주위로 끊어져 떨어진 밧줄을 둘러보며 라젠드라가 바짝 마른 입술을 혀로 축였다. 다륜의 검은 라젠드라의 비단옷에 실오라기 하나만한 흠집도 내지 않았던 것이다.

"실례하였습니다. 이제는 대등하게 이야기를 나눌 수 있겠군요."

"……뭐, 됐네. 하고 싶은 말이란 뭔가?"

"당신과 공수동맹攻守同盟을 맺고 싶습니다. 우선 당신이 신두라의 왕위에 오를 수 있도록 도와드리지요."

조금 전부터 이어진 아르슬란의 화술은 나르사스에게 미리 배운 것이었다.

"우리나라에서도 약간의 혼란이 일어났습니다."

아르슬란은 '약간'이라는 지나치게 소극적인 표현을 사용했다.

"혼란이라 하시면?"

"서방에서 이알다바오트 신을 신앙하는 루시타니아의 군대가 침공했지요. 우리 군은 선전하였으나 유감스럽게도 정세가 꼭 좋지만은 않습니다."

아르슬란의 뒤에서 기이브가 입가에 심술궂은 웃음을 짓고 있었다. 아르슬란이 열심히 나르사스 식 교섭술을 배우고 있는 모습이 우스웠던 것이다.

"흠. 그러면 그대들도 여러 모로 힘들지 않겠나? 나를 돕겠다고 하는데, 나와 비교해 그리 유리한 것 같지도 않네만."

"바로 그렇습니다. 하오나 저는 적어도 외국의 군대에게 생포당하지는 않았지요. 그만큼은 제가 유리할 것입니다. 제 말이 틀렸습니까?"

"……틀리지 않네."

라젠드라는 부루퉁하게 대답하며 주위의 사람들에게 시선을 돌렸다. 그 시선은 나르사스나 다룬의 얼굴을 잠시 스치고 지나갔지만 파랑기스의 희고 수려한 얼굴에는 한동안 머물렀다.

"그러나 그렇다고 해서 나와 그대가 동맹을 맺을 이유

는 전혀 느껴지지 않는걸. 그대는 이런 핑계 저런 핑계를 대지만 결국 나의 병력을 이용하고 싶은 것뿐 아닌가. 어처구니가 없군. 그런 이야기에 누가 응하겠나."

아르슬란의 시선을 받은 나르사스는 팔짱을 풀더니 침착하게 대답했다.

"뭐, 싫으시다면 싫으신 대로 상관없소이다. 당신 목에 사슬을 채워 가데비 왕자에게 끌고 가면 그만이니. 기이브, 쇠사슬을 가져다주게."

"자, 잠깐, 그리 성급하게 결론을 낼 것도 없지 않나."

라젠드라는 당황했다. 기이브가 시치미 뚝 떼고 노예용 사슬을 땅에 던져놓았기 때문이다. 침착하지 못하게 몸을 들썩거렸다가는 다시 앉았다. 이런 면을 보면 라젠드라는 책모가를 자부하기는 하지만 바닥이 얕거나 사람이 좋거나 둘 중 하나일 것이다. 아니면 양쪽 다일지도 모른다.

"나를 가데비에게 끌고 가봤자 놈은 고마워하지 않을걸세. 아니, 그놈은 악랄하니 이복형제를 죽였다는 구실로 그대들에게 공격을 가할지도 모르지."

라젠드라의 주장을 나르사스는 코웃음으로 일축했다.

"가데비의 의도 따위 아무래도 상관없소. 당신이 맹약을 거절하겠다면 우리는 보복을 할 뿐. 이 상황은 매우 단순하기 그지없소. 안 그렇소?"

"잠깐, 잠깐. 맹약을 맺는다 쳐도 내 독단으로 결정할 수는 없네. 신두라의 백성들에게 사정을 설명할 시간도 필요하고."

"심려치 마시오."

"심려치 말라고 해도……."

"이미 신두라 국내에는 전하의 부하들이 통달해두었소. 라젠드라 왕자는 파르스의 아르슬란 왕태자와 우의와 정의에 따라 맹약을 맺고, 신두라에 평화를 가져오기 위해 수도 우라이유르로 진격을 개시했다고."

"……!"

커다란 눈을 부릅뜨고 라젠드라는 한순간 말문을 잇지 못했다.

"이삼 일 안으로 이 소식은 신두라 수도 우라이유르까지 전해질 거요. 기뻐하는 자도 분노하는 자도 있겠지만, 아무튼 라젠드라 전하의 결단은 이미 모국 사람들이 다 아는 바요."

라젠드라의 짙은 갈색 피부에 땀이 맺혔다. 상황은 모두 나르사스의 계획대로 돌아가고 있다. 그 사실을 인정하지 않을 수 없었다. 무엇보다도 그의 생사는 가증스러운 파르스인들의 손아귀에 있는 것이다.

"좋아. 알았네."

라젠드라는 무겁다기보다는 젠체하는 목소리를 위아

래 치아 사이로 밀어냈다.

"맹약을 맺겠네. 아니지. 파르스의 왕태자님, 나는 그대가 마음에 들었네. 나이가 어린데도 야무지고, 무엇보다 뛰어난 부하들을 두셨군. 맹우盟友로서 충분히 의지할 만하네. 앞으로는 서로를 위해 힘을 아끼지 말기로 하세나."

……어쨌거나 맹약이 성립되었으므로 라젠드라는 포로에서 빈객으로 대우가 바뀌었다. 물론 자유는 허락되지 않았으며, 오후 축하연 때까지 정중하게 방에 갇혔다.

그리고 축하연이 시작되자 라젠드라는 더더욱 활달한 손님이 되었다.

"자자. 술을 드세나, 아르슬란 왕자. 그대도 어리다고 하여 사양할 것 없네. 사나이로 태어났으니 술을 마시고 여자를 안고 코끼리를 사냥하고 나라를 빼앗고, 실패하면 역적이 되어 죽을 뿐이지."

크게 입을 벌리며 웃자 어금니까지 훤히 보였다. 술을 마시고 요리를 먹고 떠들고 신두라의 민요를 노래한다.

"저게 노래야? 물소 코골이지."

기이브는 독설을 내뱉었지만 신두라의 왕자는 쉴 새 없이 입을 움직였다.

이윽고 라젠드라는 자신의 자리에서 일어나 파랑기스의 옆에 앉았다. 조금 전부터 그녀의 빼어난 미모에 눈독을 들이고 있었던 것이다. 파르스어와 신두라어를 섞어가며 말을 걸고 한 마디 할 때마다 그녀의 은잔에 술을 따랐다. 그러는 사이에 그녀를 끼고 라젠드라의 반대쪽에 기이브가 앉았다. 라젠드라를 이리저리 견제하면서 자신의 손에 든 술병으로 파랑기스의 은잔에 술을 따르기 시작했다.

중간에 퇴석한 아르슬란을 침실까지 배웅하고 다륜이 연회장으로 돌아왔을 때, 우아한 발걸음으로 연회장을 나오는 아름다운 카히나와 마주쳤다.

"파랑기스."

"오, 다륜 경. 아르슬란 전하는 이미 잠자리에 드셨나?"

파랑기스의 뺨이 약간 상기된 것처럼 보이기도 했으나 그 외에는 취했다는 인상을 받을 만한 요소가 전혀 없었다.

"이미 주무시네. 라젠드라 왕자는 어떻게 하고 있나?"

"조금 전까지는 술잔을 기울이고 계셨네만 어느샌가 주무시더군. 신두라 사람들은 술이 별로 강하지 않은가 보이."

말은 명료하고 자세도 반듯했다.

그녀의 뒷모습을 지켜보고, 고개를 갸웃한 다륜은 연회장으로 들어갔다.

넓은 실내에 술 향기가 가득했다. 나비드(포도주) 단

지만 수백 개가 굴러다녔다. 후카(맥주)와 봉밀주 단지도 숲처럼 융단 위를 가득 메웠다. 그 속에서 신두라의 왕자님은 조신스럽지 못하게 만취해 신음하고 있었다.

"으으, 그렇게 술이 강한 여성이 있다니. 둘이 달려들어도 취하게 만들지 못했네. 그런 주호酒豪는 본 적이 없어."

"둘?"

"그 뭐냐, 기이브인지 하는 악사가 분명 곁에 있었네만…… 아직 살았나?"

그 말에 다륜은 실내를 둘러보았다. 유랑 악사이자 기분이 내키면 도적도 되고 지금은 아르슬란 왕자의 측근인 적갈색 머리카락의 미청년은 벽에 기댄 채 술을 깨려고 물을 마시는 중이었다.

"망할, 머릿속에서 물소 떼가 합창을 하면서 춤을 추고 앉았군. 어쩌다 이렇게 됐담. 분명 내가 한잔 할 동안 파랑기스 님에게는 세 잔을 권했는데……."

보아하니 파랑기스는 흑심이 뻔하디뻔한 주객 두 사람을 혼자서 정면으로 격퇴해버린 모양이었다.

V

이렇게 맹약은 상당히 억지로 성립되었다.

그러나 이때 나르사스는 약간 판단을 망설이고 있었다. 신두라 국내에서 벌어질 전투에 노장 바흐만을 대동할지 말지를 주저했던 것이다.

키슈바드와 바흐만, 두 마르즈반 중 어느 한 사람에게는 페샤와르 성의 수비를 맡겨야만 한다. 원래 같으면 망설일 필요도 없는 일이었다. 젊고 정한한 키슈바드를 동행시키고 노련한 바흐만에게 후방을 지키도록 한다. 상식적으로 생각하면 그렇게 만사가 수습되어야 한다.

그러나 바흐만의 생기 없는 모습과 동요가 나르사스의 계획에 불안 요소로 남았다. 바흐만의 충성심과 능력을 얼마나 신뢰해야 좋을까.

애초에 페샤와르 성새에 도착하면 모두 결판이 나리라고는 생각하지 않았다. 하나에서 열까지 이제부터 시작인 것이다.

라젠드라를 신두라의 왕위에 올려주고 후방의 우환을 모두 차단한 다음 왕도 엑바타나 탈환을 목표로 병사를 모은다. 말로 하면 쉽지만 그 계획을 세우고 실행하고 성공을 거둘 수 있는 사람은 온 파르스에서 나르사스뿐일 것이다.

물론 나르사스 한 사람의 손만으로 할 수 있는 일은 아니다. 유능한 동료들의 도움이 필요했다. 이를테면 라젠드라가 탄 말을 쏘아 그를 사로잡았던 사람은 열여

덟 살이 되면 그와 결혼하겠다고 덮어놓고 작심한 알프리드였다. 그녀의 수훈은 매우 크지만 2년 후를 생각하면 숙취한 것 같은 기분이 든다.

숙취와는 무관한 파랑기스는 그날 밤, 복도에서 얼쩡거리던 마르즈반 바흐만과 이야기를 나눌 기회를 얻었다. 처음에 바흐만의 반응은 매우 비우호적이었다.

"그렇군. 아르슬란 전하께서는 나를 신뢰하지 않으시는구먼. 심복인 자네를 감시로 파견하셨나?"

그렇게 이죽거렸던 것이다.

"주제넘은 말씀이오나 바흐만 장군, 아르슬란 전하께서는 귀공을 신뢰하셨습니다. 그렇기에 어려운 길을 마다않고 페샤와르까지 위험한 여행을 하셨지요. 그 신뢰에 보답하지 못한 것은 귀공이 아니었습니까?"

파랑기스의 목소리는 지엄했다. 바흐만은 자신보다 마흔 살은 어릴 것이 분명한 미모의 카히나를 불만과 불신을 담아 쳐다보았다.

아르슬란 왕자의 곁에 있는 부하들을 바흐만은 그리 호의적으로 보지 않았다. 다륜은 바흐만과 45년지기 전우였던 바흐리즈의 조카지만 늘 바흐만의 무력감을 책망하는 듯한 표정을 보이고, 나르사스의 벗이기도 하다. 그 나르사스는 주군인 샤오 안드라고라스의 정치에 이의를 제기해 궁정에서 추방당했던 인물이다. 그나

마 이 두 사람은 출신이라도 확실하지만 기이브니 파랑기스 같은 자들은 대체 어디서 무엇을 하다 온 자들인지 감도 잡히지 않는다. 그런 정체 모를 여자에게 마르즈반인 자신이 어째서 쓴소리를 들어야 한단 말인가.

바흐만은 숨을 들이마셨다가 토해냈다.

"그대는 미스라를 섬기는 카히나라 했지."

"그렇습니다. 노장군."

"그렇다면 신전에 틀어박혀 신의 영광을 칭송하면 좋을 것을, 어찌 여인의 몸으로 무기를 들고 속세로 뛰어드셨나?"

"미스라를 섬기기 때문이지요. 미스라는 신의의 신이십니다. 지상에 부정과 포학이 가득 차는 모습을 꺼려 하시기에 신직에 몸을 담은 저도 미력하나마 진력을 다하지 않을 수 없었습니다."

바흐만은 눈을 옆으로 돌렸다.

"아르슬란 전하를 모시고 있는 것도 미스라의 뜻에 따랐기 때문이라는 겐가?"

"미스라의 뜻과 저 자신의 생각이 일치했다고 말씀드리겠습니다."

바흐만은 입을 움직이려다 다물었다. 파랑기스는 까만 비단 같은 머리를 대조적으로 하얀 손가락으로 쓸어 넘기며 늙은 마르즈반의 표정을 지켜보았다.

"아르슬란 전하께서는 용감하시며 자신의 책임을 다하고, 운명에 맞서려 하십니다. 반면 역전의 숙장이신 노장군이 이리도 무력해서는, 연공年功이란 대체 무엇인가 하는 질문에서 자유로워지실 수 없을 것입니다."

"말은 잘 하는구먼, 드센 여자 같으니."

바흐만은 회색 수염을 흔들며 내뱉었으나 그리 반감을 품은 것 같지도 않았다.

애초에 단순하고 강직한 인생을 보냈던 사람이다. 계기만 있으면 무력감을 떨치고 일어나 본래의 모습대로 무인의 면목을 되찾을 수 있을 것이다. 그것이 성공했는지 어떤지 파랑기스가 확실히 확인하지 못하고 있으려니, 바흐만은 나직한 목소리로 술회했다.

"내가 너무 추태를 보이면 저 세상에 가서 바흐리즈에게 낯을 들 수가 없지. 파르스의 무인으로서, 마르즈반으로서 부끄러움이 없도록 행동해 보겠네."

그렇게 단언하더니 바흐만은 파랑기스에게 널찍한 등을 돌리고는 힘을 되찾은 발걸음으로 복도를 나아갔다.

늙은 무인과 헤어진 파랑기스는 나르사스에게 사정을 설명하고, 마지막으로 자신의 의견을 덧붙였다.

"내 생각에 바흐만 장군은 드디어 죽음을 각오하신 것으로밖에는 보이지 않네. 이제까지와는 다른 의미에서 주의가 필요하지 않겠는가."

"파랑기스도 그렇게 보는군."

나르사스는 살짝 미간을 찡그렸다. 바흐만을 신뢰할 수 있게 된 점은 바람직하지만 파랑기스의 말대로 이번에는 다른 걱정이 생긴다. 노장 바흐만이 품은 무인의 미학은 둘째 치더라도, 아르슬란에게 의미가 있는 인재를 쉽게 잃을 수는 없다. 게다가 무엇보다 고故 바흐리즈가 바흐만에게 보냈다는 의문의 편지도 놓쳐서는 안 될 것이다.

"나 이거야 원. 머리가 몇 개씩 있어도 모자라겠군."

밝은 색의 머리카락을 헤집으며 나르사스는 생각을 굴렸다.

당면과제로, 우선 그는 애젊은 주군이 페샤와르 성에 도착한 후로 줄곧 품었던 고민을 해결해주었다. 성내의 굴람들을 해방한다는 문제에 대해서였다.

"굴람들에게 약속을 하십시오. 신두라와의 전역戰役이 끝나면 해방하여 아자트로 삼으시겠다고."

"그렇게 약속해도 되겠나?"

아르슬란은 맑게 갠 밤하늘색 눈동자를 빛냈다. 아르슬란에게는 파르스 국내의 굴람을 모두 해방하겠다는 이상이 있는 것이다.

"되고말고요. 여기에 바로 전하께서 샤오가 되셔야 할 이유가 있는 것입니다."

"그러나 나르사스. 굴람들을 해방하고, 그 다음에는 어떻게 하지? 그들이 스스로 생활을 할 수 있게 될까?"

"그 점은 심려하실 필요가 없을 줄 압니다."

나르사스가 제안한 것은 둔전제屯田制였다. 예로부터 카베리 강 서쪽 기슭 일대는 국경지대라 방치해두었지만 수리시설만 확충하면 그리 척박하지는 않을 것이다. 해방한 굴람들에게 이 토지를 나누어주고 개척시키는 것이다. 공동으로 수로를 열게 하고, 종자나 종묘를 임대해준다. 첫 5년 정도는 전혀 조세를 부과하지 않다가 농업생산이 자리를 잡은 후부터 세금을 걷게 한다면 이후에는 국고 수입도 안정될 것이다.

"만일 신두라군이 쳐들어오는 일이 생긴다면 그들은 기꺼이 무기를 들 것입니다. 자신들의 토지와 생활을 지키기 위해. 그들의 등 뒤에 페샤와르 성이 있고 키슈바드 장군이 있다면 불안도 느끼지 않겠지요."

결국 나르사스는 신두라 원정에 바흐만을 동행시키고 키슈바드에게는 페샤와르 성의 수비를 맡기기로 계획을 굳혔다. 노웅老雄 바흐만에게는 이미 최고의 죽을 자리를 주는 것 이외에는 아무 것도 남지 않은 듯했다. 그가 죽은 후 그의 부대는 다륜이 이어받는다. 그렇게 될 수밖에 없지 않을까.

VI

페샤와르 성은 이제 아르슬란-라젠드라 동맹의 근거지가 되고 말았다. 바로 며칠 전까지는 누구도 상상조차 못했던 일이었다.

붉은 사암 성벽이 멀리 내다보이는 언덕 위에 한 부대의 인마가 모여 있다. 그 한가운데에 자리를 잡은 것은 은색 가면을 쓴 기사였다.

"일이 묘하게 돌아갑니다."

부하 잔데가 그렇게 말했을 때, 아르슬란의 사촌 형이기도 한 히르메스는 침묵을 은색 가면 안에 가두어 놓고 무언가 생각에 잠겨 있었다.

그가 페샤와르 성에 침입하여 아르슬란을 해치는 데 실패하고 해자로 떨어졌던 것이 바로 지난밤이었다. 그 직후 신두라군이 국경을 넘었다고 큰 소란이 벌어졌는데, 이 상황변화는 무엇이란 말인가. 예민한 히르메스조차 어이가 없어 당장은 어찌 대처해야 좋을지 판단이 서질 않았다.

그는 겨우 잔데에게 말했다.

"결심했다. 엑바타나로 돌아가겠다."

"예, 분부 받들겠나이다. 하오나 전하, 아르슬란 일당을 방치해 두어도 괜찮으시겠습니까?"

"괜찮지는 않다. 그러나 놈들을 잡겠다고 신두라까지 원정을 갈 수도 없지 않으냐. 나는 아르슬란 일당이 생각하는 것만큼 신출귀몰하지 않다."

그 말을 농담으로 해석해도 좋을지 어떨지 잔데는 망설였으나, 결국 웃지는 않았다.

"만일 아르슬란 놈이 신두라군의 손에 죽기라도 한다면 다소 아쉬운 결과가 되지 않겠나이까."

"설마. 다륜이니 나르사스 같은 놈들이 붙어 있지 않으냐. 호락호락 신두라 따위에게 죽을 리가 없다."

칭송과 악의를 복잡하게 뒤섞어 히르메스는 희미하게 웃었다.

"아르슬란 놈은 돌아올 것이다. 내 손에 죽기 위해. 엑바타나에서 환영 준비를 해두어야 하지 않겠느냐."

자신이 처한 환경 속에서 역학 관계를 생각해보면 히르메스는 역시 왕도 엑바타나를 중시하지 않을 수 없었다. 언제까지고 왕도를 방치하면 무슨 생각을 하는지 모를 타흐미네 왕비 같은 자들이 쓸데없는 짓을 획책할 수도 있다.

여전히 지하 감옥에 갇혀 있는 안드라고라스도 마음에 걸렸다. 국왕파와 보댕 대주교파로 분열된 루시타니아군은 그 후 어떻게 되었을까. 미처 죽이지 못한 아르슬란 따위에게 언제까지고 집착할 수만도 없는 현실이었다.

겨울 하늘 아래, 출병 준비로 북적거리는 페샤와르 성의 붉은 사암 성벽을 내려다보던 히르메스는 말에 뛰어올라 한동안 비워두었던 왕도 엑바타나를 향해 달려갔다.

잔데를 비롯한 부하들이 그 뒤를 따랐다.

아르슬란이 알 도리도 없는 곳에서 그의 목숨을 위협하는 최대의 적수가 제 발로 멀어져 간다. 히르메스 자신이 말했듯 어디까지나 일시적인 행동이었지만.

신두라의 수도 우라이유르는 카베리 강으로 이어지는 내륙수로망의 중심부에 있다. 새하얀 왕궁은 아열대의 꽃과 수목에 에워싸였으며 직접 운하로 이어지는 계단은 담홍색 대리석으로 만들어져 저녁 햇살을 받을 때의 아름다움은 무엇과도 비유할 수 없다는 평판을 받을 정도였다.

우라이유르의 여름은 길며 견디기 힘든 무더위에 휩싸이지만 그만큼 겨울은 쾌적했다. 춥다기보다는 서늘하며, 여름에는 고사 직전까지 몰렸던 꽃과 녹음이 되살아나 생생한 생기로 가득 차는 것이다. 다만 라젠드라가 파르스와 손을 잡았다는 보고가 도달한 날은 보기 드물게 싸늘한 북풍이 사람들의 피부를 에었다.

신두라에서 두 왕자가 왕위를 놓고 다툼을 벌여 국내

가 양분된 책임은 대부분 라자 카리칼라 2세가 짊어져야 할 것이다. 그가 확실하게 왕위 계승자를 지목했더라면 사태는 이렇게까지 악화되지는 않았을 테니까.

카리칼라 2세는 아직 살아 있다. 나이는 쉰두 살이니 노환으로 죽을 만큼 늙은 것은 아니고, 특별히 병약하지도 않았다. 당사자도 아직 왕위를 양보하고 은퇴할 생각은 없었으며, 따라서 왕태자를 책봉하지도 않고 있었다.

그것이 갑자기 '라자 위중' 상태까지 가고 만 것은 결국 카리칼라 2세가 자신의 건강에 지나친 자신감을 품었던 탓이었다. 10년 전에 왕비가 죽자 그때까지 얌전하고 선량한 남편이었던 카리칼라 왕은 공공연히 미녀를 탐닉하기 시작했다. 그리고 밀림의 버섯이니 뱀의 피니 심해어의 알이니 하는 수상쩍은 강정제强精劑를 술과 함께 들이켜다가 반년 전에 느닷없이 쓰러져 반신불수가 되고 만 것이다.

이렇게 되면 라자로서 정무를 처리하기는 불가능하다.

신두라에서는 라자만이 아니라 재상 지위도 대대로 부모에게서 자식에게 이어진다. 이를 '페슈와(세습재상世襲宰相)'라 하는데, 당시 페슈와의 이름은 마헨드라였으며 그의 딸은 가데비 왕자의 아내였다.

당연히 마헨드라는 자신의 사위인 가데비가 차기 라자가 되기를 바랐다. 가데비도 그럴 생각이었으므로 일찌감치 섭정 행세를 하며 국정을 좌지우지했는데, 가데비 본인에게도 장인인 마헨드라에게도 적이 상당히 많았다. 그중 가장 큰 적인 라젠드라가 가데비의 왕위 계승에 실력으로 이의를 제기했을 뿐만 아니라, 이번에는 하필이면 역사적인 적국 파르스와 힘을 합쳐 수도로 쳐들어오고 있다는 것이다.

"네 이놈, 라젠드라. 파르스군과 손잡고 왕위를 노리다니. 목적을 위해서는 수단을 가리지 않는 파렴치한 것. 맹세코 놈을 옥좌에 앉히지 않겠다."

가데비는 분노해 날뛰었으나 동시에 불안하기도 했다. 파르스의 병마가 얼마나 강한지 신두라군은 잘 안다. 별로 알고 싶지는 않지만 이제까지의 경험을 통해 호되게 깨닫고 말았던 것이다. 젊었을 때부터 맹장으로 알려진 샤오 안드라고라스 3세의 이름을 들으면 울던 아이도 뚝 그칠 정도였다. 그런 파르스군이, 무슨 경위에서인지 하필이면 라젠드라의 편을 들다니.

"어찌됐든 언제든지 군대가 출동할 수 있도록 준비를 해 두어야 합니다, 전하."

아내의 아버지인 마헨드라의 말에 가데비는 서둘러 군을 소집했다. 가장 의지하는 전투코끼리 부대에게도 출동을 명했으나 이것이 의외로 준비에 애를 먹어, 책임을 맡은 장군이 말했다.

"코끼리들이 오늘의 한풍 때문에 축사 밖으로 나가기를 싫어합니다. 어떻게 하는 것이 좋을지요."

"채찍으로 후려쳐서 내보내. 무엇 때문에 채찍이 있느냐."

이런 데서도 배려심 없는 면모가 엿보여 적이 늘어나는 것인데 물론 본인은 그 사실을 알지 못했다. 라젠드라가 '세상 물정 모르는 놈'이라 조롱하듯 가데비는 이따금 왕궁이나 귀족의 장원 밖에 세상이 있다는 것조차 잊어버리는 것 같았다. 그러면서도 약한 일면이 있어 장인 마헨드라에게 의논을 청하기도 했다.

"준비는 하겠지만 과연 이길 수 있겠나, 마헨드라."

"무슨 걱정이십니까. 재능으로 보나 병력으로 보나 전하께서 훨씬 우세하십니다. 파르스군이라 해도 전군이 모조리 출격한 것은 아닐 터. 두려워할 필요는 없습니다."

마헨드라는 열심히 사위를 격려했다.

가데비가 만에 하나라도 라젠드라에게 패한다면 마헨드라 자신에게도 파멸이 찾아오게 된다. 무능하지는 않지만 다소 못미더운 사위가 노력해주기를 바라는 수밖에 없었다.

난생 처음 떠나는 외국 원정을 앞둔 아르슬란이 기뻐

한 것은 키슈바드가 샤힌(매) '아즈라일'을 빌려준 일이었다.

"이놈은 자기를 전하의 어엿한 친구라 생각하고 있고, 성에 틀어박혀 있기보다는 넓은 하늘 밑에 있는 편을 좋아합니다. 데려가 주신다면 언젠가는 전하께 도움이 될 것입니다."

"고맙네. 사양 않고 빌려가겠네."

아르슬란은 팔을 뻗어 아즈라일을 앉히고 날개 달린 벗에게 말을 걸었다.

"아즈라일, 키슈바드에게 한동안 작별 인사를 하고 오렴. 너를 신두라라는 나라로 데려가줄 테니."

아즈라일을 팔에 앉힌 아르슬란이 노대에 나와 열병을 하자 안뜰의 파르스 장병들이 들끓었다.

또한 성문이 열리고 새로운 백마를 탄 라젠드라 왕자의 모습이 보이자 성 밖에 대기하던 신두라군이 일제히 환호성을 질렀다.

"라젠드라! 우리의 왕자님! 옥체에 신들의 은총이 함께 하기를. 저희를 승리로 인도하여 주소서……."

"저 경박한 왕자, 보아하니 병사들에게는 어지간히 인기가 있는 모양인걸."

다륜이 아르슬란의 뒤에 서서 나르사스에게 속삭였다. '경박한 왕자'는 백마를 노대 밑에 대더니 한쪽 팔을 높이 뻗으며 고함을 질러주었다.

"아르슬란 왕자, 전에도 말했네만 나는 그대의 좋은 벗이 되고 싶네. 카베리 강을 경계로 동쪽은 신두라 라자인 내가, 서쪽은 파르스 샤오인 그대가 각각 땅 끝까지 정복하여 전 대륙의 패권을 부르짖은 후에는 함께 손을 잡고 영원한 평화를 세워보지 않겠나."

아르슬란은 웃음으로 대답했으나 다륜은 혀를 차고 싶은 표정이었다.

"나르사스, 나는 저 라젠드라라는 자를 도저히 진심으로 믿을 마음이 들지 않네. 내가 공연한 생각을 하는 겐가?"

"아니, 공연하지 않아. 나도 동감이거든. 하지만 괜찮네. 지금 아르슬란 전하를 배신해봤자 라젠드라에게는 아무런 이익도 없으니까. 놈이 배신한다면 가데비의 목을 발밑에 놓아둔 다음이 될 걸세."

나르사스는 이죽거리는 표정으로 신두라군의 환호를 받는 라젠드라의 모습을 바라보았다.

아르슬란의 팔 위에서 아즈라일이 가볍게 홰를 쳤다.

이리하여 아르슬란은 파르스력 321년 신년을 생각지도 못한 외국에서 맞이하게 되었다.

제 2 장 강을 건너서

I

라젠드라 왕자가 이끄는 신두라군 5만과 아르슬란이
이끄는 억지 원군 1만은 수도 우라이유르를 향해 남서
쪽으로 진로를 잡았다.

대하大河인 카베리 강도 겨울철 갈수기면 수량이 말의
배 정도까지밖에 오지 않는다. 도하 도중 깊은 곳에 걸
린 인마가 물에 빠지는 일도 몇 번인가 있었으나 사망자
는 나오지 않은 채 전군이 무사히 강을 건넜다.

아르슬란에게는 대군으로 대하를 건넌다는 경험이 처
음이었다. 신기하게 생각한 것만이 아니라, 나르사스의
말도 인상에 남았다.

"라젠드라 왕자는 결코 무능한 사람이 아니군요. 지난
번에는 한밤에 이 강을 건너는 데 성공했다는 뜻이니 말

입니다.”

　‘그렇구나. 신기해하고만 있어선 안 되겠구나. 배워야만 해.’

　아르슬란이 그렇게 생각했을 때 선행 정찰을 갔던 신두라 기사가 황급히 강가로 달려왔다.

　“가데비군 전방에 전개중!”

　그 소식이 도달했을 때에는 이미 남서쪽 방향에 모래먼지가 피어나기 시작했다. 가데비는 어쨌든 라젠드라 일행의 도하를 저지하고자 했던 것이다. 이는 간발의 차이로 실패했지만 이제 막 강을 건넌 라젠드라군 또한 아직 진을 구축하지 못했다. 그런 때에 가데비군의 기병 1만 5천 기가 돌입했던 것이다.

　신두라에서 벌어진 첫 전투는 나르사스가 교묘한 전술을 구사할 틈도 없이 난전으로 막을 열었다.

　가데비 왕자의 부대장 프라다라타는 이 나라에서도 손꼽히는 용맹한 전사였다. 두툼한 언월도를 치켜들고 내리칠 때마다 그의 말 좌우에 피안개가 솟고 인마의 시체가 쌓였다. 라젠드라군은 움츠러들어 물러나 강기슭에서 밀려 떨어질 것 같았다.

　완전히 진형을 갖추지 못한 채 프라다라타 장군의 완력에 밀린 라젠드라는 아군의 손해를 파르스군에 떠넘길 생각을 했다.

"아르슬란 왕자, 주변 뭇 나라에 이름이 자자한 파르스 기사의 무용을 세상 물정 모르는 가데비 놈에게 보여주시지 않겠나?"

"알겠습니다. 다륜, 부탁하네."

"전하의 분부라면."

고개를 숙이고, 다륜은 장검을 뽑으며 흑마의 배를 걷어찼다. 그는 라젠드라의 뻔뻔한 속셈을 간파했으나 아르슬란의 명령에 복종하지 않을 수는 없었다. 게다가 파르스인의 충성과 용맹을 알려주는 것도 나쁘지 않다.

피에 굶주린 양 언월도를 휘둘러 강가의 모래를 붉게 바꿔나가던 프라다라타는 위에서 아래까지 새까만 색으로 물들인 기사가 두려움도 망설임도 없이 말을 몰아 달려오는 것을 보았다. 그는 언월도의 핏방울을 털어내고는 서툰 파르스어로 외쳤다.

"파르스의 비루먹은 개들이 굳이 신두라의 대지에 빈궁한 모가지를 늘어놓겠다고 찾아왔느냐! 하다못해 네 놈들의 목을 이 강가에 내걸어 죽은 후에도 조국의 풍경을 바라볼 수 있도록 해주마."

"입에 담았으니 어디 실천해 보거라."

짧게 한마디 대답한 다륜은 짓쳐드는 언월도의 일격을 튕겨냈다.

무기와 무기가 격돌을 되풀이했다. 역시 5합이나 10

합 정도로는 승부가 나지 않았다.

칼날을 부딪치면서 두 사람은 말을 한데 얽은 채 강가에서 강 한복판까지 들어갔다.

"다륜, 힘내게!"

아르슬란이 말 위에서 몸을 내밀었을 때 흑의기사는 왕태자의 신뢰에 보답했다. 그의 장검이 겨울 햇살에 번뜩이자 강에 피와 물기둥이 솟아났으며 프라다라타의 거구는 언월도를 손에 든 채 강바닥으로 잠겼다.

부대장을 잃은 적은 흐트러지기 시작해 라젠드라군은 기세를 타고 반격에 나섰다. 가데비군은 3천의 시체를 남긴 채 도주해, 신두라 국내에서 벌어진 첫 전투는 아르슬란 일행의 승리로 끝났다.

"다륜 장군의 무용이 참으로 훌륭하네. 우리나라에는 이만한 용사가 없거늘."

라젠드라는 그렇게 절찬했으나 그 이유는 파르스군을 추켜세워 앞으로도 잘 싸우게 하기 위해서. 그리고 칭찬은 아무리 해도 밑천이 들지 않기 때문이리라.

"재미도 없는 싸움이었군."

다륜이 평가한 대로였다. 반쯤 사막으로 이루어진 그저 넓기만 한 평지에서 정면으로 맞부딪쳤으니 용병도 전술도 있을 리 없었다. 단순히 힘이 힘을 제압해버렸다. 다륜이 프라다라타를 벤 순간 전장 전체의 승패도 결판이 나고 말았다. 이래서는 아르슬란이 전술을 배울 여지조차 없다.

나르사스가 웃었다.

"뭐, 금방 재미있어질 걸세. 적은 아직 전투코끼리 부대도 꺼내지 않았잖나."

다룬은 널찍한 어깨를 으쓱했다. 새까만 갑주가 묵직하게 울렸다.

"그야 그렇게 되겠지. 저 라젠드라라는 노랑이 왕자님은 더 힘든 싸움에서 우리를 철저하게 이용할 게 뻔하니."

"그럴 법해. 그뿐이 아니라 우리를 적하고 싸우게 하고 양쪽이 다 지쳤을 때 덮칠지도 모르네."

오히려 나르사스는 재미있어 하는 분위기였다.

"나르사스, 벗어날 책략은 있는 겐가? 아니, 자네에게는 실례되는 질문이었군. 어차피 라젠드라 같은 좀스러운 책사는 자네 같은 현자의 손바닥 위에서 열심히 춤이나 추고 있을 테니."

나르사스는 슬쩍 손을 내저었다.

"너무 과대평가하지 말게, 다룬. 이번 원정에서는 매번 상황에 맞춰 대처해 나갈 수밖에 없는 면이 있어. 저 라젠드라 왕자는 때와 경우에 따라 어느 방향으로 발을 들일지 모르니까."

"그러면 놈에게서 눈을 떼지 말아야겠군."

다륜이 짐짓 칼코등이를 울리자 나르사스는 짓궂은 웃음을 지었다.

"아니지. 오히려 놈이 책략을 강구할 여지를 주는 편이 좋을 수도 있네. 요즘 난 저 친구가 어떤 책략을 펼칠지 궁금해 애가 타거든."

여기서 이야기는 중단되었다. 엘람이 나르사스에게 말 위에서 먹을 점심을 가져다주었기 때문이었다.

파르스력 321년 신년은 신두라 북서쪽의 황야에서 밝았다.

이 해 9월까지 살아있다면 아르슬란은 열다섯 살이 될 것이다.

파르스 식으로 새해 행사가 이루어졌다. 새해 첫 태양이 뜨기 전에 샤오가 직접 완전무장을 갖추고 샘에 찾아가 투구를 벗고 여기에 물을 뜬다. 진영에 돌아와 장병 대표로부터 나비드 한 잔을 헌상받는다. 이 붉은 술은 샤오의 피를 상징하는 것이다. 그 나비드를 투구에 뜬 물에 따른다. 그렇게 만들어진 액체를 '키즈일(생명의 물)'이라 부르는데, 3분의 1은 하늘을 향해 끼얹어 천상의 신들에게 바친다. 3분의 1은 대지에 뿌리고, 마지

막 3분의 1은 샤오가 마신다. 신들과 대지에 대한 충성심을 나타내고, 또한 신들과 대지의 영원한 생명을 나눠받게 해 주십사 기도하는 것이다.

장병 대표는 마르즈반 바흐만이 맡았다. 가장 가까운 곳에 있는 샘은 이미 해가 바뀌기 전에 확인해 두었다. 아르슬란이 아즈라일만을 데리고 혼자 샘으로 향했을 때는 걱정한 다륜과 파랑기스가 몰래 거리를 두고 호위했지만 다행히 위해를 가하려는 자는 나타나지 않았고, 아르슬란은 무사히 국왕 대리로서 의무를 마칠 수 있었다.

아르슬란이 키즈일을 마시고 황금 투구를 입에서 떼었을 때, 파르스군에서 일제히 환호성이 터졌다.

"아르슬란! 아르슬란! 수하일 알 아스트로(천상에 빛나는 별), 신들의 총아여. 전하의 지혜와 힘으로 국가와 백성에게 평안을 안겨주시옵소서……!"

이에 호응하여 아르슬란이 황금 투구를 두 손으로 높이 들었을 때 파르스력 321년 첫 태양이 번쩍이며 투구를 황금 덩어리처럼 비춰주었다. 다시 환호성이 터지고 파르스군 장병의 갑주가 그 광채를 받아 너울지는 빛의 바다가 되었다.

의식이 끝나자 새해 축하 연회가 시작되어 평소에는 아무도 없던 황야가 시끌벅적해졌다.

태양이 중천에 이르렀을 무렵 반 파르상(약 2.5킬로미터) 정도 떨어진 신두라군의 진영에서 라젠드라 왕자가 방문했다. 50기 정도의 호위를 대동했을 뿐이었다.

어지간히 백마를 좋아하는지 라젠드라는 이때에도 순백색 말을 타고 있었지만 아르슬란의 본진을 경호하는 흑의기사를 알아보고는 자못 친근하게 인사를 했다.

"여어, 파르스의 용사여. 그대의 젊은 주군께서는 잘 계신가?"

다륜은 말없이 고개를 숙여 인사했을 뿐이었다. 그의 본심을 말하자면, 이처럼 위험하고도 믿을 수 없는 인물은 단칼에 베어버려 장래의 화근을 끊어버리고 싶었다. 다만 나르사스가 아르슬란의 장래를 위해서는 오히려 이러한 인물을 활용해야 한다고 주장했다.

"독사라 해도 보물을 지키는 데에는 도움이 되기도 하네. 그렇게 생각하면 그만이야."

지당한 말이지만 그렇다고 해서 독사에게 호의를 품어야 할 의무도 없다. 따라서 다륜은 라젠드라에게 최소한의 예의만을 보일 뿐이었다.

애초에 신두라인인 주제에 파르스어로 이리도 유창하게 빈말을 늘어놓을 수 있다는 것만으로도 충분히 의심스럽다. 그렇게 생각하는 다륜 앞에서 라젠드라는 마중을 나온 아르슬란의 손을 잡고 어깨를 두드리는 등 완전히 친구처럼 굴었다.

아르슬란은 천막 안에 겔림(모직 깔개)을 펼쳐놓고 온 갖 술과 요리를 마련해 신두라의 왕자를 환대했다. 기이브가 우드를 켜고 파랑기스가 바르바트를 연주해 한동안은 담소가 이어졌다.

"헌데 나의 벗이자 마음의 형제인 아르슬란 왕자. 오늘은 내 각별히 의논하고 싶은 안건이 있어 이렇게 찾아왔네만……."

"무엇이든 부담 없이 말씀해 보십시오."

그렇게 대답했다가 라젠드라의 표정을 알아본 아르슬란은 부하들에게 자리를 뜨도록 명령했다.

두 사람만이 남자 라젠드라는 그때까지 파랑기스가 기대고 있던 바레시(쿠션)를 엉덩이 밑에 깔고 이야기를 시작했다.

라젠드라가 제안한 내용은 분진합격分進合擊 전법이었다. 이대로 라젠드라와 아르슬란이 나란히 진격해봤자 별로 의미는 없다. 지금은 수도에 틀어박힌 가데비 일파를 심리적으로도 군사적으로도 위협하고 혼란에 빠뜨려야 한다. 그러려면 라젠드라와 아르슬란이 따로 행동을 해야 한다는 이야기였다.

"그래서 어떤가, 아르슬란 왕자. 그대와 나, 둘 중 어느 쪽이 먼저 수도에 입성할지 내기해보지 않겠나?"

"재미있군요. 그러면 만일 제가 먼저 수도에 들어갔을

때는 무엇을 얻을 수 있는 겁니까?"

아르슬란이 관심을 드러내자 라젠드라는 내심 회심의 미소를 머금었다. 뜸을 들이듯 나비드 한 잔을 입에 머금고 아르슬란의 속내를 떠보았다.

"그렇게 말하는 것을 보니 내 제안에 찬성해주는 모양이지?"

"아니오, 아직 결정할 수는 없습니다. 저의 독단으로는."

지극히 진지하게 대답하는 아르슬란의 얼굴을 보고 라젠드라는 기대가 빗나간 것 같은 표정을 지었다.

"독단으로는 결정할 수 없다니, 자네는 파르스의 왕태자가 아닌가."

라젠드라는 혀 차는 소리를 내려다가 참았다. 은잔을 내려놓고 더욱 목소리를 낮추어 말을 이었다.

"아르슬란 왕자. 벗으로서, 마음의 형제로서 내 그대에게 충고해두겠네. 자꾸 부하들이 기어오르게 놓아두지 말게나. 그대는 주군이야. 주군이 명령하고 부하는 여기에 따라야 비로소 세상의 질서가 잡히는 법일세. 너무 부하들의 의견에 귀를 기울이기만 하면 놈들은 기어올라 주군을 업신여기게 되네."

선의를 가장하여 소년의 귀에 독기를 불어넣은 것이지만 아르슬란은 선동에 놀아나지 않았다.

"충고는 고맙습니다만, 저는 스스로 어떻게 해야 좋을지 알 수 없을 때 언제나 부하들과 의논했습니다. 그들은 저 같은 자보다 지혜도 힘도 훨씬 뛰어납니다. 애초에 그들이 도와주지 않았다면 저는 이제까지 몇 번이나 목숨을 잃었을지 알 수 없습니다."

"그렇다곤 해도 말이지……."

"형식상으로야 부하지만 그들은 저의 은인입니다. 죽게 놔두는 편이 훨씬 이익일 텐데도 항상 저를 돌봐주지요. 그들의 의견을 들은 후에 대답을 드리겠습니다."

"흐으음……."

라젠드라는 머쓱해져 입을 다물었다. 그런 그를 천막 안에서 기다리게 한 후 아르슬란은 밖으로 나왔다. 다룬 일행은 50가즈(약 50미터) 정도 떨어진 바위 뒤에 앉아 무언가 이야기를 나누다가 왕태자의 모습을 보고 일어났다. 아르슬란은 라젠드라의 쓸데없는 충고까지 포함해 모든 사정을 그들에게 들려주고 상담을 청했다.

"그래서 라젠드라 왕자에게 어떻게 대답하면 좋겠나? 우선 다룬의 의견을 들려주게."

흑의기사의 대답은 매우 명쾌했다.

"거절해야 한다고 봅니다."

"이유는?"

"저는 스스로 라젠드라 왕자에게 편견을 가지고 있을

지도 모릅니다. 그래도 그자의 속내는 들여다보고 있다고 생각합니다. 아마 라젠드라 왕자는 우리 파르스군이 따로 행동하게 만든 후 미끼로 삼을 작정일 겁니다."

아르슬란은 살짝 눈살을 찡그렸다. 말없이, 맑게 갠 밤하늘색 눈동자를 기이브에게 돌렸다. 미래의 궁정악사는 고개를 크게 주억거렸다.

"저도 그렇게 생각합니다. 백마 탄 왕자님이 꾸밀 법한 짓이네요. 우리가 다른 길로 가기 시작하면 라젠드라 자식은 즉시 가데비에게 밀사를 보내서 친절하게 우리의 진로를 가르쳐줄걸요."

그렇게 단언하고 기이브는 아름다운 흑발의 카히나에게 시선을 돌렸다.

"어떻습니까, 파랑기스 님. 나와 같은 생각 아닌가요?"

"불쾌하게도 말일세."

파랑기스는 무뚝뚝하게 반응했으나 기이브의 의견을 부정하지는 않았다.

"소녀도 다륜 경이나 기이브와 같은 의견이옵니다. 가데비 왕자가 파르스군 쪽으로 주력부대를 보낸다면 그만큼 수도의 방비는 허술해질 테고, 가데비군 주력부대의 행동 또한 쉽게 예측할 수 있을 줄 아옵니다. 수도를 치는 것도, 가데비군의 측면이나 배후를 습격하는 것도 마음대로. 라젠드라 왕자에게는 절로 웃음이 배어나올 일이 아니겠나이까."

아르슬란은 팔짱을 끼고 생각에 잠겼으나, 이윽고 다이람의 옛 영주에게 시선을 돌렸다.

"나르사스의 생각을 듣고 싶네."

"그렇다면 우선 전하께 축하 말씀을 드리겠습니다."

생각지도 못한 말에 아르슬란이 깜짝 놀라자 나르사스는 웃으며 대답했다.

"왜냐하면 보아하니 전하의 부하 중에 바보는 한 명도 없는 것 같으니까요. 다륜, 기이브, 파랑기스의 의견은 그야말로 정곡을 찔렀습니다. 라젠드라 왕자의 진의는 우리 파르스군을 철저히 이용하는 데 있습니다. 언젠가는 이런 제안을 하리라 생각했습니다."

아르슬란은 고개를 갸웃했다.

"그러면 라젠드라 왕자의 제안은 거절해야 할까?"

"아닙니다. 승낙하십시오, 전하."

아르슬란만이 아니라 일동의 시선이 모두 나르사스에게 집중되었다.

"이유를 말씀드리지요. 라젠드라 왕자는 쇠로 만든 양심을 가진 사람이며 이러한 사람과 동행하면 언제 등을 찔릴지 알 수 없습니다. 다행히 상대가 먼저 제안을 해주었으니 조금 거리를 두고 행동하는 편이 좋지 않을까 합니다."

"알았네. 그렇게 하지."

"다만 조건을 붙여두는 편이 바람직하겠습니다. 충분한 병량과 이를 운반할 우마, 정밀한 지도, 신용할 수 있는 안내인. 이러한 것들을 요구하십시오."

아르슬란은 자신도 모르게 입가에 웃음을 지었다.

"조금 욕심이 과한 것 아닌가?"

"뭘요. 이 정도는 요구하는 편이 좋습니다. 라젠드라 왕자는 본인이 욕심 많은 사람이기에 전하께서 탐욕스러운 모습을 보이셔야 오히려 안심할 겁니다."

욕심 많은 사람은 욕심 없는 사람을 두려워한다. 그렇기에 같은 인간인 척해 방심시키는 편이 좋다. 게다가 어찌 됐든 병량과 지도는 필요하다. 가짜 지도를 받는 일이 없도록 라젠드라가 가진 지도를 그 자리에서 베껴 적으면 된다.

"또한 라젠드라 왕자의 진로를 자세히 물어두십시오. 그리고 밀사를 파견해 가데비 왕자에게 그 진로를 알려주면 좋을 것입니다."

"하지만 그건 좀 악랄하지 않은가?"

아르슬란은 망설였다. 사람도 좋다며 기이브가 입속으로 중얼거렸다.

"괘념치 마십시오. 어차피 라젠드라 왕자가 솔직하게 대답해줄 리 없으니까요. 그렇게 하면 결과적으로 가데비군을 혼란에 빠뜨릴 수 있습니다."

가데비는 군의 주력부대를 어느 쪽으로 돌려야 좋을지 판단이 어려워질 것이다. 두 방면으로 병력을 분산한다면 각개격파하면 그만이다. 두려움을 느끼고 수도에 틀어박힌다면 수도까지 방해를 받지 않고 진군할 수 있다. 어찌됐든 아르슬란과 파르스군에게는 손해가 없다. 전투가 벌어지면 또 새로운 전술을 구상하면 된다. 나르사스는 그렇게 설명했다. 아르슬란은 부하들의 의견에 따랐다.

II

1월 3일, 아르슬란은 라젠드라와 헤어져 북방의 산지로 진로를 잡았다. 라젠드라는 아르슬란의 요구에 모두 응해주었다. 이래저래 불평을 늘어놓기는 했지만.

행군 도중 아르슬란은 나르사스와 말을 나란히 하고 왕과 장군의 마음가짐에 대해 배웠다.

"옛날에 한 용감한 왕이 있었습니다."

나르사스는 그렇게 이야기를 꺼냈다.

그 왕은 어느 날 5만 병력을 이끌고 원정에 나섰다. 국경의 설산을 넘어 싸움을 계속하는 동안 병량이 떨어져 병사들은 굶주림에 시달렸다. 왕은 병사들의 괴로움을 보고 눈물을 흘려 자신의 식사를 병사들에게 나누어 주었다…….

"이 왕의 행위를 어떻게 생각하십니까, 전하?"

아르슬란은 한순간 대답을 망설였다. 나르사스의 표정과 어조가 그 왕에 대해 비판적인 것처럼 느꼈기 때문이었다. 그러나 이유는 확실히 알 수 없었다. 결국 아르슬란은 솔직하게 대답했다.

"훌륭하다고 생각하네. 병사의 괴로움을 보다 못해 자신의 식사를 나눠주는 것은 아무나 할 수 있는 일이 아니잖나. 나르사스의 의견은 다른 모양이지만."

나르사스는 미소를 지으며 고개를 끄덕였다.

"전하께서는 저의 마음을 읽으셨으면서도 솔직하게 대답하셨군요. 따라서 저도 생각하는 바를 솔직하게 말씀드리겠습니다. 이 왕은 왕이 될 자격이 없는 비겁자입니다."

"왜 그렇지……?"

"이 왕에게는 두 가지 중대한 죄가 있습니다. 첫 번째는 5만 병사에게 필요한 병량을 마련하지 않아 병사를 굶주리게 한 죄. 그리고 두 번째는 자기 한 사람의 식사를 겨우 몇 명에게 나누어주어 다른 수많은 병사를 여전히 굶주리게 한 죄입니다."

"……"

"다시 말해 이 왕은 첫째로 태만했으며, 둘째로 불공평했던 것이지요. 게다가 자신의 식사를 극소수의 병사에게 나눠주면서 자신의 다정함에 도취되어 수많은 병사들을 굶주리게 한 책임을 면하려 했습니다. 이것이 비겁자인 까닭입니다. 이해하셨습니까?"

"알 것 같네."

생각하며 아르슬란은 대답했다.

"다시 말해 왕이란 병사들을 굶주리게 해서는 안 된다는 말이군. 굶주리게 하느니 애초에 싸우지 않으면 그만이지."

"그렇습니다. 5만 병사를 지휘할 자격을 가진 자는 5만 병사가 굶주리지 않을 만한 병량을 마련할 수 있는 자뿐입니다. 전장에서의 용병과 무용 따위는 그 다음 이야기지요……."

이틀 정도는 평온한 행군이 이어졌다. 이따금 산길에서 휴식을 취하면 나르사스는 종이와 그림붓을 꺼내서는 풍경을 그렸으나 엘람 이외에는 결코 누구에게도 보여주려 하질 않았다.

따라서 다륜이 딱히 선전하지 않더라도 일동은 나르사스의 그림 실력 수준을 매우 의심스럽게 여기기 시작했다. 유일하게 편을 들어준, 머리에 하늘색 천을 감은 조트 족 소녀만은 예외였다.

"나르사스라면 그림도 잘 그릴 게 분명해. 난 나르사스에게 내 그림을 그려달라고 하고 싶은걸."

그 말을 들은 다륜은 자신도 모르게 알프리드의 얼굴을 쳐다보았다.

"그대는 정말 두려움이란 걸 모르는군."

그런데 나르사스의 그림 실력에 가장 유력한 증인이어야 할 엘람은 다음과 같이 주장했다.

"나르사스 님이 그림에까지 천재시라면 오히려 구제할 길이 없는걸요. 그 분의 그림은 그 정도가 딱 좋은 겁니다."

"……그건 칭찬이 아닌 것 같네만."

지극히 진지한 파랑기스의 논평이었다.

아르슬란도 나르사스를 미래의 궁정화가로 임명한 이상 부디 그의 그림 실력이 어느 정도인지 진실을 알고 싶기는 했다. 그러나 한편으로는 나르사스가 그림을 그릴 수 있다면 그것으로 충분할 뿐, 잘 그리고 못 그리고의 문제는 아니라고도 생각했다. 아르슬란은 나르사스의 지략을 숭배하지만 애초에 그림 실력에는 별로 환상을 품지 않았던 것이다.

신두라의 수도에 있던 가데비 왕자는 전쟁에 임하는 당

사자로서 매우 사정이 좋았다. 실제로 같은 처지에 이렇게 사정이 좋은 사람도 드물 것이다. 전쟁 상대에게서 앞으로의 행동예정표가 도착했으니 말이다. 그것도 두 통이나. 라젠드라와 파르스의 아르슬란 왕태자가 각각 다른 한 쪽의 행동예정을 알리는 밀사를 보냈던 것이다.

"이놈들이 대체 어쩌자는 수작이지?"

가데비는 곤혹스러워했다. 제대로 된 사람이라면 곤혹스러워하지 않을 수 없다. 일단은 정찰을 보내 적이 병력을 양분했다는 것만은 확인했으나 그 다음으로 적들이 스스로 가져온 정보를 얼마나 믿어야 좋을지 감도 잡히지 않았다. 장군들의 의견도 제각각이었다.

"우선 파르스군을 쳐야 합니다. 병력도 고작해야 1만 뿐이고, 원군을 잃으면 라젠드라도 콧대가 부러질 것입니다. 아무리 파르스군이 강하더라도 3만으로 대적한다면야."

"아닙니다. 우리 군의 총력을 기울여 우선 라젠드라 왕자의 본대를 쳐부수는 것이 마땅합니다. 그러면 파르스군따위 뿌리가 끊어진 나무나 마찬가지. 베지 않더라도 자연히 말라비틀어질 것입니다. 라젠드라를 먼저 쳐야 합니다."

"그러나 라젠드라의 본대를 신경 쓰는 동안 파르스군이 수도를 급습했다간 어쩐단 말이오? 파르스군의 기병은 속도에서 이웃의 모든 나라를 능가하오. 역시 먼저 이쪽을 정리해두는 편이 좋지 않겠소."

"차라리 수도에서 농성하며 놈들의 움직임을 지켜보는 게 어떨지? 어차피 놈들은 수도를 향해 치고 올라오고 있으니 말일세."

"허나 그렇게 하면 수도 이외의 지역은 모두 라젠드라 놈의 말발굽에 짓밟히고 마네. 우리 군은 모두 18만. 라젠드라와 파르스의 병력을 합쳐봤자 6만 정도. 소수의 적을 두려워하여 성에 틀어박혀서는 한심하기 그지없는 노릇. 아니, 이거야말로 적의 의도대로 굴러가는 결과가 되지 않겠나."

논의는 좀처럼 정리가 되질 않았다. 어느 의견에나 저마다 엄연한 근거가 있어 가데비 왕자는 어느 쪽을 따를지 결심할 수가 없었다.

"마헨드라, 차라리 군을 셋으로 나눌까? 하나는 수도를 지키고, 하나는 라젠드라 놈의 본대를 치고, 하나는 파르스를 치는 거지. 그러면 어때?"

"전하, 지금은 농담을 할 때가 아니옵니다."

상담을 받은 마헨드라는 씁쓸하게 사위를 쳐다보았다. 마헨드라는 하얀 터번과 검은 세모꼴 턱수염이 인상적인, 당당한 체격의 중년 사내였다. 가데비나 라젠드라보다도 훨씬 풍격과 박력이 있다. 페슈와로서 국정을 맡은 지 이미 20년. 파르스와의 싸움에서는 보수적으로 나오는 경향이 있지만 내정, 외교, 군사, 어느 면에서도 상당히 안정된 업적을 거둔 인물이었다.

"군을 셋으로 나누다니, 그랬다가는 기껏 수적 우위를 거두었으면서 이를 허사로 돌리게 됩니다. 병력을 분산해서는 아니됩니다. 힘은 집중해야 힘이지요."

마헨드라는 단언하고, 가데비도 그 말이 옳음을 인정했으나, 그렇다면 그 힘을 어디에 집중할지 그것이 어려웠다. 이복형제 라젠드라가 방심할 수 없는 인물인 것만은 잘 안다.

"수도에는 항상 최소한도의 병력을 두어야만 합니다. 그 외의 병력은 모두 한 곳에 배치하여 필요할 때에 필요한 곳으로 보내셔야만 합니다. 병량과 무기도 그곳에 모아두어야겠지요."

"그렇군. 잘 알겠네. 마헨드라 그대는 그야말로 현자라 불리기에 손색이 없는 사내야. 그대를 나의 재상, 나의 장인이라 부를 수 있어 나는 참으로 기쁘네. 그대가 있는 한 라젠드라 놈은 신두라를 손톱만큼도 차지하지 못할 걸세."

가데비는 진심으로 아내의 아버지를 칭송했다.

마헨드라의 딸 살리마는 '라크슈미 여신의 총아'라 불릴 만큼 아름다운 여성이어서 라젠드라를 비롯해 무수한 청혼자가 있었다. 그중에서 가데비가 남편으로 뽑힌 것이다. 살리마가 아니라 마헨드라의 손에 의해. 가데비에게 마헨드라는 사랑의 은인이기도 했다.

"칭찬해주시니 몸 둘 바를 모르겠습니다, 폐하."

실수를 가장한, 무시무시할 정도로 교묘한 추종이었다. 마헨드라의 얼굴에 믿음직한, 그러나 기묘한 웃음이 드러났다가는 사라졌다. 그의 사위가 라자가 된다면 왕비의 아버지로서 마헨드라의 지위와 권력은 더더욱 강화될 것이다.

"게다가 전하, 저희 일족의 말단에 있는 자를 라젠드라군에 잠입시켜 두었습니다. 매우 눈치가 빠른 자이므로 언젠가 길보를 가져다줄 것입니다. 마음 편히 기다리시옵소서, 전하."

듬직한 페슈와의 목소리에 가데비는 겨우 침착함을 되찾았다.

산간지역의 가도를 나아가는 파르스군의 대열 속에서 아르슬란은 현재의 상황에 대해 다시 나르사스에게 배우고 있었다.

"……그러면 라젠드라 왕자는 우리 파르스군을 철저히 이용하려 한다고, 나르사스는 그렇게 본단 말이군."

"그렇습니다. 헌데 사실은 이것이 철저하게 되기가 불가능하지요."

"왜 불가능한가?"

"우리 군이 가데비군을 압도적으로 이겨버린다면 우리 군의 무명만 올라갈 것입니다. 라젠드라의 이름이 아니지요. 그 사람의 입장에서는 신두라의 라자가 되려면 자신의 명성을 얻어야 하지 않겠습니까?"

다가와 말을 나란히 놓은 기이브가 짓궂게 웃었다.

"그러니까 우리가 한바탕 이겨버리면 라젠드라는 조바심을 내서 움직이겠군. 자신이 무훈을 세우려고 말이지. 안 그래, 군사 나리?"

"그렇지. 그리고 그것만이 아닐세. 수도에 있는 가데비 왕자도 마음이 편안하지만은 않을걸."

애초에 신두라의 두 왕자는 욕심과 반감 때문에 서로 대립한다. 파르스군의 군사적 성공이 그들을 자극하리라는 것은 불을 보듯 뻔했다. 파르스군이 가까운 시일 내에 전투를 벌여 이긴다면 단순한 국지적인 승리에 그치지 않고 신두라 전체의 운명으로 이어진다.

라젠드라의 안내인으로 파르스군을 따라온 자는 자스완트라고 했다. 그는 기이브와 동년배 청년이었는데, 갈색 피부와 마노색 눈동자를 가졌고, 흑표처럼 유연하면서도 민첩하고 용맹한 분위기가 느껴졌다. 파르스어도 문제없이 구사했다. 현재까지는 문제없이 안내를 맡고 있지만 아르슬란의 부하들은 그를 완전히 신뢰하지는 않았다.

어느 날 자스완트의 몸놀림을 보고 다륜이 중얼거렸다.

"저자는 검 실력이 상당할 것 같더군."

나르사스가 겉으로는 태연한 척 턱을 매만졌다.

"자네가 인정할 정도라면 상당하겠는걸."

"혹시 자객은 아닐지."

다륜의 목소리가 나직해졌다. 라젠드라가 아르슬란을 암살하기 위해 안내인을 가장해 잠입시킨 것은 아닐까 의구한 것이다. 나르사스는 벗의 통찰력에 고개를 끄덕였다.

"충분히 있을 법해. 애초에 나는 또 다른 가능성에 대해 생각했지만 말일세."

"그건 무언가?"

"라젠드라가 우리에게 위험인물을 떠넘겼을 가능성이지."

그 말만을 하고 나르사스는 침묵해 자신의 생각에 잠겼다.

III

"라젠드라 왕자와 손을 잡은 파르스군 1만이 산간 가
도를 따라 동쪽으로 전진하고 있습니다. 하루나 이틀이
면 이 성에 도달할 것입니다."

그 보고가 구자라트 성새에 당도한 것은 1월 말이었
다.

이 성새는 북방의 산악지대에서 수도 우라이유르로 뻗
어나가는 주요 가도를 장악하고 있어 군사상의 요충지
중 하나였다.

성사城司 고빈 장군 밑에는 두 명의 부성사가 있다. 풀
라케신 장군과 타라 장군이었다. 이곳에 배치된 병력은
기병 4천, 보병 8천. 숫자만으로는 충분히 파르스군에
게 대항할 수 있다. 성새 그 자체도 높고 두꺼운 성벽과
깊은 해자에 에워싸였으며 투석기까지 갖추어 함락시키
기란 쉽지 않았다.

"성에 틀어박히기는 쉽지만, 파르스군의 실력이 어느
정도인지 한번 보도록 할까."

고빈의 지시에 기병 1500과 보병 3000을 이끌고 풀
라케신 장군이 반격을 위해 출동했다.

구자라트 성의 서쪽, 파르스 식으로 말하자면 1파르상
(약 5킬로미터) 떨어진 가도에서 양군은 첫 전투를 벌였
다.

풀라케신 장군은 평균 이상의 커다란 말에 거구를 앉

히고, 마찬가지로 거대한 검을 단검처럼 가볍게 휘두르며 파르스군에게 돌진했다. 파르스의 기병들이 내지르는 창을 나뭇가지처럼 쳐낸다. 무시무시한 완력에 놀랐는지 정강한 파르스 기병이 그의 앞길을 열었다.

대검을 치켜든 풀라케신이 아르슬란을 향해 돌진하고 육박했을 때 흑마를 탄 흑의기사가 말없이 말을 몰아 그의 앞길을 가로막았다. 펄럭이는 망토의 안감만이 사람의 피로 물들인 것처럼 붉었다.

"방해된다, 비켜라!"

알고 있는 얼마 안 되는 파르스어로 풀라케신이 외쳤다. 흑의기사는 태연히 대꾸했다.

"네놈 따위 신두라의 검둥개를 파르스의 왕태자 전하께서 상대하시겠느냐. 얌전히 목을 내놓아라. 그러면 머리만이라도 전하와 대면하게 해주마."

"잘도 지껄이는구나!"

풀라케신의 대검이 햇빛을 난반사하며 흑의기사 다륜의 머리로 떨어져 내렸다. 아니, 그렇게 보였을 때 다른 섬광이 적과 아군의 시야를 아찔하게 했다.

다륜의 장검이 대검을 잡은 풀라케신의 굵은 팔을 두 동강이로 가르고 그대로 속도를 늦추지 않은 채 허공을 질주하여 오른쪽 귀 밑에 깊이 파고들었던 것이다.

맹장으로 이름을 떨쳤던 풀라케신이 한순간에 시체로

바뀐 것을 보고 신두라군은 경악했다.

신두라군은 성새로 도망쳐 성문을 굳게 닫고 농성했다. 다륜을 필두로 한 파르스군의 용맹함을 톡톡히 본 고빈과 타라도 겁을 먹을 수밖에 없었다. 성에 틀어박혀 시간을 벌고, 수도에서 원군이 오기를 기다린다는 전법으로 전환했다. 수수하지만 확실한 방법이었다.

미래의 파르스 궁정화가가 애젊은 주군에게 의견을 제시했다.

"함락할 방법은 얼마든지 있사오나 너무 시간을 들일 수는 없습니다. 적이 발버둥을 치게 만들 필요가 있겠군요."

"어떻게 하면 되겠나?"

"이렇게 하는 것이 좋을 줄로 압니다."

2월 1일, 파르스군의 사자가 구자라트 성문 앞에 말을 세우고 문을 열 것을 요청했다. 적갈색 머리카락에 남색 눈동자를 가진 대단한 미청년으로, 통역 겸 안내자로 젊은 신두라인을 대동했으며, 무장이라고는 검뿐이었다. 사자는 기이브, 그를 따라온 자는 자스완트였다.

기이브는 자못 무해해 보이는 얼굴로 한손에 바르바트를 들고 성내의 넓은 방에 모습을 나타냈다. 신두라 식으로 말하자면 '은색 달과도 같은' 미청년이었으므로 소문은 바람을 타고 퍼져, 성 안의 여성들은 남자들이 기분이 상한다는 것도 잊고 이국의 미청년에게 넋을 놓았다.

여성들에게 한차례 추파를 던진 기이브는 고빈 장군 앞으로 나가더니, 벌레를 열 마리는 씹은 것처럼 낯을 찡그린 신두라 장군에게 무혈 개성을 권했다.

"물론 거저 열라고는 하지 않겠소. 라젠드라 왕자님은 신두라의 왕관을 얻은 후에는 두 장군을 후히 대우하겠다고 말씀하셨소. 지위든 영지든 바라는 바는 모두 들어주시겠다고. 이참에 무엇이든 말씀해보시오."

자기 주머니가 가벼워지는 것도 아니므로 기이브는 매우 통이 컸다.

고빈과 타라는 즉시 대답하지는 않았다. 그들은 물론 가데비 왕자의 당파에 속했지만 라젠드라 왕자와 손을 잡은 파르스군이 얼마나 강한지 막 깨달은 터였으며, 개인적인 욕심도 있었다. 사자인 기이브를 위해 연회를 베풀고 성내의 미인 열 명 정도에게 술을 권하게 했다. 그러는 동안 자신들은 다른 방에서 어떻게 할지를 의논했으나, 그 자리에 몰래 모습을 나타낸 자가 있었다.

기이브와 동행했던 신두라인 통역, 다시 말해 자스완트였다. 놀라 수상쩍은 눈빛을 보내는 두 장군에게 자스완트는 입술 앞에 손가락을 세우더니, 자신은 그들의 편이라고 속삭였다.

"이렇게 말씀드려도 갑자기 믿기는 어려우실지 모릅니다. 저자는 파르스인이지만 저는 신두라 백성입니다. 부디 저를 믿어주십시오."

"……좋아, 말해봐라. 이야기는 들어주마."

자스완트가 목소리를 죽여 고한 내용은 다음과 같은 것이었다.

라젠드라 왕자가 두 장군을 한편으로 삼고자 한다는 말은 새빨간 거짓말이다. 욕심에 낚여 투항하기라도 했다간 즉시 붙잡혀 목이 날아갈 것이 분명하다. 그런 주제에 파르스군이 이러한 말을 꺼낸 이유는 장군들을 방심하게 만들기 위해서다. 그들은 밤중에 구자라트 성 앞을 몰래 통과하여 수도로 향할 생각이다. 주력 기병부대가 앞장서고 병량 수송대가 뒤를 따른다. 이때 신두라군은 기병부대를 보내놓고 병량 수송대를 습격해야 한다. 아무리 파르스군이 정강해도 병량이 없으면 싸우지 못하고 타향에서 객사할 수밖에 없다. 그렇게 하면 가데비 왕자는 두 장군의 공적을 가상히 여길 것이다.

"사실대로 말씀드리자면 저는 페슈와 마헨드라 님의 일족 말석에 있는 자입니다. 마헨드라 님의 명령으로 라젠드라에게 접근하여 그의 신임을 얻었습니다. 부디 저의 책략에 협조하여 주십시오."

자스완트가 그렇게 고백하고 마헨드라의 서명이 들어

간 신분증을 터번 안에서 꺼내 보여주었으므로 고빈과 타라는 그를 신용했다. 세 사람은 자세한 토의를 마쳤다. 타라는 파르스의 사자, 다시 말해 기이브를 이곳에서 베자고 제안했으나 파르스군을 방심시키기 위해 살려서 돌려보내기로 했다.

기이브는 미녀와 술에 에워싸여 바르바트를 뜯으며 탕아의 본성을 발휘했으나 고빈에게 '대답은 내일'이라는 말을 듣자 일어나서는 애교 있게 성사와 악수를 나누고, 미녀들을 하나하나 안아주며 이별을 아쉬워했다. 그것만으로도 신두라인들에게는 배알이 뒤틀리는 일이었는데. 미녀들 대부분이 반지며 팔찌며 귀걸이를 기이브에게 선물했다는 사실을 나중에 가서야 알게 되었다. 타라와 몇몇 이들은 그를 살려서 돌려보낸 것을 진심으로 후회했을 정도였다. 물론 그 후회가 다음 날까지 이어지지는 않았다.

그날 한밤중, 파르스군은 몰래 진을 접고 가도를 따라 동쪽으로 나아가기 시작했다. 병사들은 입에 솜을 물고 말 입을 수건으로 묶어 철저히 소리를 내지 않도록 주의했다.

선두에 서서 길 안내를 맡아야 할 자스완트가 어느 샌가 기병부대의 후방에 모습을 나타내더니, 어둠 너머로 기병부대의 뒷모습을 꿰뚫어보며 위험한 미소를 번뜩였다.

거목 그늘에 웅크리고 앉아 가늘고 긴 발화통을 옷 속에서 꺼내 불을 붙이려 했을 때, 갑자기 그의 등 뒤에서 목소리가 들렸다.

"이런 깊은 밤에까지 일을 하다니 기특한걸, 자스완트."

젊은 신두라인은 문자 그대로 펄쩍 뛰어올라 늘씬한 몸을 획 돌렸다. 그곳에 서 있던 그림자를 보고 침을 삼켰다.

"기, 기이브……."

"그래, 신두라 사나이들의 적 기이브 님이시지. 그런데 자네는 이런 데서 뭘 하나?"

"뭐냐니……."

"신두라군에게 기습 신호를 보낼 생각이었겠지? 방심 못할 까만 고양이 녀석. 네놈 자신의 꼬리에 불을 붙여줄까?"

"잠깐, 내 이야기를 들어주게."

자스완트는 소리를 지르려다 뒤로 펄쩍 물러났다. 밤바람 우는 소리가 나더니 자스완트의 갈색 이마에 가느다란 핏줄기가 튀었다.

"흐흥, 제법 한 가닥 하는 모양인걸."

검을 고쳐들며 기이브는 오히려 재미있다는 듯 웃었다. 그의 강렬한 발검 공격을 자스완트는 이마에 찰과

상만을 입으며 피한 것이다.

자스완트도 발화통을 내팽개치고 검을 뽑았다. 변명이 통할 처지가 아님을 깨달았기 때문이다. 그의 정체는 이미 파르스군에게 들통이 났던 모양이었다. 이제는 자력으로 궁지를 벗어날 수밖에 없다.

미끄러지듯 전진한 기이브가 두 번째 공격을 꽂았다. 이는 자스완트의 눈앞에서 튕겨났으며 허공에 흩어진 불꽃이 한순간 두 사람의 얼굴을 창백하게 비추었다. 두 검사는 시선을 교차시켰다. 자스완트의 새까만 두 눈에는 긴장과 실망감이, 기이브의 남색 두 눈에는 여유로운 웃음이 걸려 있었다.

두 사람 모두 한마디도 나누지 않았다. 푸르스름한 달빛 아래 번뜩이는 칼날이 서로 부딪히는 공명음만이 정적에 균열을 일으켰다. 두 사람의 기량은 백중지간이어서 이따금 기민하고 유연한 몸놀림을 보였다. 전후좌우로, 마치 춤을 추는 듯 몸을 돌리며 찌르기와 참격을 나눈다. 싸움은 끝없이 이어지는가 싶었으나, 정신적인 여유의 차이 때문인지 기이브가 일부러 보인 허점에 자스완트가 걸려들었다. 크게 파고들어서 날린 참격을 기이브가 피하는 바람에 자스완트는 균형을 잃고 휘청거렸다. 그 짧은 순간에 기이브의 검 옆면이 자스완트의 목덜미를 강타했다.

젊은 신두라 검사가 얼굴부터 지면에 처박혀 의식이 어둠속으로 떨어졌을 때, 그와 내통했던 신두라군은 성 밖의 숲에 잠복해 숨을 죽인 채 파르스군의 주력부대가 밤길을 지나가는 광경을 지켜보고 있었다.

희미한 달빛 아래 아르슬란 왕자의 황금 투구가 또렷이 보였다. 이와 나란히 말을 타고 지나가는 흑의기사는 얼마 전 단칼에 플라케신을 참살한 그 용사일 것이다.

"음. 분명 아르슬란 왕자도, 저 흑의기사도 앞장서서 지나갔군. 오늘 밤 작전은 보아하니 성공한 모양일세."

사실 아르슬란의 황금 투구를 쓴 소년은 엘람이었으며, 다륜의 흑의를 걸친 것도 체격이 좋은 기병이 변장한 것이었다. 그러나 달빛 아래에서 거기까지 알아볼 수는 없었다.

파르스가 자랑하는 기병 1만은 완전히 병량 수송대로부터 멀어졌다. 그렇게 생각한 신두라군은 자스완트에게서 올 신호를 기다리지 않고, 나중에 느릿느릿 밤길을 따라 접근한 우마차의 무리를 향해 송곳니와 발톱을 드러냈다. 지휘관의 호령 아래 맹렬히 짓쳐들었다.

"가자! 놈들의 병량을 모조리 빼앗아버려라!"

신두라군은 창날 끝을 가지런히 모으고 파르스의 병량 수송대를 향해 돌입했다. 밤의 밑바닥에서 말발굽 소리가 울려 퍼지자 파르스의 병량 수송대는 공포에 질려 우뚝 멈춰 선 것처럼 보였다.

그러나 신두라군의 승리에 대한 확신은 한순간에 무너졌다. 병량을 수송하는 우차의 포장이 젖혀지더니, 그곳에 숨어 있던 병사들이 돌진하는 신두라군을 향해 화살을 퍼부어댔던 것이다.

신두라군은 인마가 함께 넘어져 사람과 말이 비명의 크기를 경쟁하며 시체를 쌓아나갔다.

"이놈들, 속였구나!"

격노해봤자 계략에 걸려든 쪽이 잘못이다. 지혜로 패배한 이상 힘으로 실수를 만회할 수밖에 없다. 흙으로 빚은 인형처럼 무력하게 화살에 맞아 쓰러져가는 아군을 보며 적진에 돌입한 고빈은 달빛 아래에서 말에 올라타 병사들을 지휘하는 소년의 모습을 발견했다. 그가 바로 진짜 파르스의 왕태자 아닌가.

"파르스의 애송이, 거기서 움직이지 마라!"

창을 움켜쥐고 아르슬란에게 달려들었다. 그때 아르슬란의 말 옆에 있던 한 병사가 창을 던졌다. 창은 멀리, 정확하게 날아가 고빈의 목을 꿰뚫었다.

소리도 내지 못한 채 고빈은 숨이 끊어져 땅 울리는 소리와 함께 말에서 떨어졌다.

달빛 아래에서, 이렇게 무시무시한 투창의 위력을 보일 수 있는 자는 물론 다륜 말고는 없다. 그도 역시 일개 병사로 위장하여 병량 수송대 안에 몸을 숨기고 있었 던 것이다.

한편 타라 장군은 부하들이 하나둘씩 화살에 쓰러져 홀로 파랑기스와 대치하게 되었다.

타라는 물소 같은 고함을 지르더니 파랑기스를 향해 대검을 내리쳤다. 박력과 압력을 겸비한 일격이었으나 미모의 카히나는 밤바람의 일부가 된 것처럼 소리도 없 이 몸을 피하더니 간발의 차이도 두지 않고 반격했다. 검광이 비스듬히 번뜩이고 신두라 장수의 목덜미 급소 를 무시무시한 정확도로 갈라놓았다. 치솟은 피가 달빛 을 받아 푸르게 보였다.

고빈과 타라가 잇달아 쓰러지자 지휘관을 잃은 신두라 군은 모조리 도망쳤다. 이때 시기를 가늠해 기수를 돌려 돌아온 바흐만의 기병대에게 무너지고, 2천 남짓미 시체 를 버려둔 채 패주했다. 성으로 돌아가려 했으나 이때는 이미 나르사스와 기이브가 지휘하는 부대가 성문을 점령 하고 있었다. 성문에서 퍼부어대는 화살을 받은 신두라 병사들은 마침내 무기며 갑옷을 버리고 몸뚱이만 건사해 도망쳤다. 그저 오로지, 적이 없는 방향으로.

이리하여 구자라트 성새는 파르스군의 손에 떨어졌 다.

IV

"뭐라고? 겨우 공방 사흘 만에 구자라트 성이 함락 돼?!"

수도 우라이유르에서 흉보를 들은 가데비는 상아로 만든 커다란 페니(야자주) 잔을 떨어뜨렸다.

"어, 어떻게 된 겐가, 마헨드라."

"어떻고 뭐고가 있겠습니까. 구자라트은 수도 북쪽을 지키는 요충지이니, 이곳을 파르스에게 빼앗긴 이상 탈환할 뿐입니다. 만일 라젠드라 왕자의 군이 그곳에 합류한다면 이를 함락시키기란 지극히 어려워질 것입니다. 적의 병력이 집중되기 전에 행동하십시오."

"그렇군. 알았네."

목표가 정해진 이상 가데비는 언제까지고 당황만 하고 있지는 않았다. 즉시 개인실로 돌아가 냉수 목욕으로 취기를 몰아내고 갑주를 걸친 후 군에게 출동을 명령했다.

이미 마헨드라가 수완을 발휘하여 군 편성을 마쳐놓았다. 2월 5일, 수도를 떠난 가데비군은 15만, 왕자는 하얀 거대 코끼리의 등에 달아놓은 지휘석에 앉아 3백 개의 보석으로 치장한 백금 갑주를 걸쳤다. 그 외에도 부대 내에는 전투코끼리 500마리가 있었다. 검과 창의 거대한 숲은 띠 형태로 신두라의 평야를 따라 북쪽으로 올라갔다.

한편 파르스에게 점령된 구자라트 성새에서는 꽁꽁 묶인 자스완트가 아르슬란 앞에 끌려나와 있었다. 그는 목숨을 구걸하려고는 하지 않았다.

"나는 신두라인이다. 파르스인에게 우리나라를 팔 수는 없다. 파르스를 배신한 것이 아니라 신두라에 충성을 맹세했을 뿐이다. 그러니 어서 내 목을 치거라."

"그러면 바라는 대로."

기이브가 장검을 칼집에서 뽑았다. 천천히 자스완트의 등 뒤로 돌아간다.

"네놈의 목을 친 다음에는 비장미가 철철 넘치는 루바이야트(사행시四行詩)를 바쳐주지. 저 세상에서 신두라의 신들에게 자랑하라고."

칼날을 높이 치켜들었을 때 제지하는 목소리가 날아들었다. 아르슬란이 소리를 지른 것이었다.

"기다려주게, 기이브!"

그 목소리를 오히려 예측했다는 듯 기이브는 검을 거두었다. 약간 비아냥거리듯 왕태자를 쳐다본다.

"나 원. 그렇게 말씀하실 줄 알았지요. 전하의 분부라면 검을 거두겠지만 부디 나중에 후회하지 마시기 바랍니다."

그 말에 아르슬란은 진심으로 당혹스러운 표정을 지었

다. 아르슬란이 단순한 연민에 사로잡혀 자스완트를 살려준다 한들 자스완트가 나중에 은혜를 원수로 갚지 않으리라는 보장은 없는 것이다. 아르슬란 개인에 한해서라면 모를까, 그의 소중한 부하들에게 해가 미칠지도 모른다. 남의 위에 선 사람으로서 아르슬란의 책임은 막중했다.

결국 아르슬란은 자스완트를 풀어주었다. 나르사스가 이렇게 조언해주었기 때문이었다.

"저의 힘이 미치지 못할 정도의 해는 없으리라 생각합니다. 이번에는 마음 내키는 대로 행하십시오."

밧줄에서 풀려난 자스완트는 아르슬란의 얼굴을 똑바로 보려 하지 않고, 오히려 오만하게 정면만을 보며 바위산 너머로 걸어가버렸다. 그것을 지켜보고 아르슬란은 약간 자신 없는 투로 군사에게 눈을 돌렸다.

"고맙네, 나르사스. 하지만 이래도 괜찮았던 걸까, 정말로."

"솔직히 관대함이 지나치다 생각합니다만, 뭐, 괜찮지 않겠습니까. 문제는 가데비가 그를 받아들일지 어떨지입니다."

아르슬란이 고개를 갸웃했으므로 나르사스가 덧붙여주었다.

"실제로 구자라트 성새가 함락된 책임의 일말은 자

스완트에게 있으니까요. 그걸 가데비가 어떻게 생각할 지."

가데비가 아르슬란 이상으로 관대하리라고는 생각하지 않았지만 그 생각을 입 밖으로 내지는 않았다. 그건 그렇다 쳐도, 이유는 모르겠지만 자스완트는 공을 세우는 데 지나치게 조급함을 보였다. 나르사스의 눈을 속이려면 구자라트 성새 하나 정도는 일부러 희생했어야 한다.

아르슬란은 나르사스의 지략에 감탄하면서도 이상하게 여기지 않을 수 없었다. 만일 자스완트가 배신해 처음에 파르스군의 행동계획을 신두라군에게 알리지 않았다면 이 계략은 성공할 수 없었을 것이다. 어떻게 나르사스는 자스완트가 배신할 줄 알고 있었던 걸까.

"그가 반드시 배신하리라는 확신은 저도 없었습니다. 말하자면 저는 몇 가지의 책략을 강구해두었고, 이번에는 그중 하나를 활용할 수 있었을 뿐이지요."

나르사스가 제일 먼저 생각했던 것은 자스완트가 배신했을 때와 배신하지 않았을 때 두 가지의 대처법이었다. 여기에 자스완트가 라젠드라의 자객이었을 경우, 단순한 안내인이었을 경우, 가데비 진영에서 라젠드라 진영에 잠입시킨 첩자일 경우 세 가지 상황을 설정했다. 게다가 자스완트가 가데비의 첩자라 가정하고 라젠드라가 이를 알았을 경우와 몰랐을 경우를 나누어 생각했다. 이처럼 스무 가지 이상의 상황을 설정해 모든 대처법을 생각해두었으므로 오늘 밤은 그중 하나를 사용했을 뿐이라는 소리였다.

"왼쪽이냐 오른쪽이냐 하는 방식은 나르사스의 방식이 아닙니다. 왼쪽으로 가면 이렇게 하고 오른쪽으로 가면 저렇게 한다는, 각각의 결말에 대해 생각해 두는 것이 제 방식입니다."

다이람의 옛 영주는 그렇게 설명했다.

목숨을 건져 풀려난 자스완트가 가데비 왕자의 대군과 합류할 수 있었던 것은 괴로운 도보 여행을 사흘 동안 계속한 후였다. 그는 기뻐하며 자신의 신분을 밝혔으나 병사들은 경의도 호의도 보이지 않은 채 느닷없이 그를 창자루로 후려쳐 쓰러뜨리더니 꽁꽁 묶어버리고 말았다. 그대로 가데비 앞에 끌려나가, 자스완트는 흙먼지에 찌든 얼굴과 핏발 선 눈으로 항의했다.

"가데비 전하, 어찌 소인에게 이러한 처사를 보이십니까? 전하께 충절을 다한 저에게!"

"닥쳐라, 이 배신자. 무슨 낯짝으로 내 앞에 나타났느냐."

가데비는 칼날처럼 얇고 날카로운 목소리로 자스완트의 가슴을 후벼팠다.

"네놈은 파르스군과 내통하여 구자라트 성새를 놈들에게 열어주지 않았더냐. 네놈이 충신인 척 고빈과 타라를 성 밖으로 유인해주었다는 수많은 이들의 증언이 있었다!"

"그, 그건 불명예스럽게도 저 또한 파르스 놈들에게 속았기 때문이었습니다. 결코 놈들과 내통해서가 아니옵니다. 놈들과 내통했다면 전하 앞에 돌아올 수 있었겠나이까? 지금쯤 파르스군의 진영에서 축배를 들고 있지 않았겠습니까!"

그 주장에 가데비가 반론하지 못하고 있으니.

"전하. 전하의 진노는 지당하나 이놈은 저희 일족의 말단에 속한 자입니다. 이제까지 여러 모로 도움이 되었으니, 부디 죄를 용서하시고 만회할 기회를 내려주심이 어떨는지요……."

마헨드라가 깊이 고개를 숙이며 말을 올렸다.

분노로 길길이 날뛰던 가데비도 장인의 청을 내칠 수는 없었다. 거친 숨을 토해내며 자스완트를 노려보았다.

"좋아, 페슈와의 얼굴을 봐서 이번만은 용서해주마. 네놈의 목은 잠시 몸통에 붙여두겠다만 앞으로 조금이라도 의심스러운 짓을 했다가는……."

자스완트가 감정을 억누르고 고개를 조아렸을 때, 정찰을 나갔던 기병이 낯빛을 바꾸며 가데비의 본영으로 달려왔다.

보고는 가데비와 마헨드라를 놀라게 했다.

느닷없이 동쪽으로 나온 라젠드라 왕자의 본군 5만이 가데비군과 수도 우라이유르의 중간 지점으로 끼어들어서는 가도를 차단하고 진을 쳐버렸다는 내용이었다.

기묘한 상황이 되고 말았다.

아르슬란이 이끄는 파르스군은 북쪽의 구자라트 성새에 있다. 그 남쪽에 가데비와 마헨드라의 군이 있다. 그보다도 남쪽에는 라젠드라의 군이 있다. 그리고 더 남쪽에 수도 우라이유르가 위치한 것이다.

대립하는 두 진영이 각각 병사를 양분시키고 만 상태였다. 가데비는 북쪽과 남쪽을 적에게 에워싸인 것처럼 보이나 병력은 적의 모든 병력을 합친 것보다도 크다. 따라서 남북으로 분단된 적을 각개격파하는 것도 가능하다. 라젠드라는 남하하여 수도를 공격할 수도 있으나 그렇게 하면 배후가 텅 비어버리며, 수도에는 아직 3만을 헤아리는 병력이 남아 있다. 가장 북쪽에 있는 파르스군과 가장 남쪽에 있는 수도 우라이유르는 각각 아군의 주력부대에게서 떨어져 고립되어 있다. 어느 진영이나 머리를 싸쥐고 싶어질 만한 상황이었다.

"아무래도 제가 생각했던 상황 중에서 가장 우스꽝스러운 사태가 벌어진 것 같군요."

정찰대의 보고를 듣고 지도를 살피며 나르사스는 한쪽 뺨을 문질렀다. 그의 입장에서는 가데비와 라젠드라가 수도 북방의 가도에서 딱 맞닥뜨려 그대로 결전에 들어가주길 기대했던 것이다.

"너무 염치없는 기대였던 모양이구먼."

마르즈반 바흐만이 무거운 어조로 빈정거렸다. 나르사스는 반박하지 않았다.

"노장군의 말씀이 옳으십니다."

그렇게 인정한 다음 대담하게 웃는다.

"그러나 금방 또 기대할 만해질 겁니다. 원래 그들은 싸우기 위해 병사를 움직인 것이니까요. 가데비가 결전을 결심할 때까지 길어야 사흘 정도일 겁니다."

너무나 쉽게 단언했다. 파르스군은 언제든 성에서 출격할 수 있도록 준비를 해 두었다. 이 지휘는 바흐만이 맡았다.

그날 밤, 정식 회의가 있은 후 다륜과 나르사스는 자신들에게 배정된 방에서 다시 개인적으로 앞으로의 작전을 검토했다.

나르사스 앞에는 두 접시의 요리가 나란히 놓여 있었다. 양고기 볶음밥은 엘람이, 새고기를 끼워넣은 얇은 빵은 알프리드가 만든 것이었다. 엘람과 알프리드는 툭하면 다투었지만 똑같은 요리를 만들어 나르사스를 곤혹스럽게 만들지는 않아 기특했다. 물론 어느 쪽 요리를 먼저 먹을지, 그것만큼은 참으로 기묘한 문제였다.

"아예 냉큼 적이 쳐들어와 주면 좋겠다고 생각하지, 나르사스?"

다룬이 놀렸다. 그 말이 정곡을 찔렀으므로 나르사스는 반론도 못하고 침묵했다. 신두라의 지형도에 시선을 떨구고 있었으나 표정은 지극히 애매했다. 궁정에 있을 무렵에는 몇 명이나 되는 궁녀와 염문을 뿌린 적도 있었건만 이번에는 불장난에 매진할 상황이 아니었다. 나르사스는 엘람의 장래에 대해 책임이 있었고, 알프리드를 떨쳐낼 수도 없었다.

그것은 그렇다 치고 아르슬란과 엘람은 파르스의 전통적인 사회제도에서 보자면 신분 차이가 매우 큰데도, 다른 면에서는 생사를 함께 한 친구이고 또 다른 면에서는 사형제師兄弟이기도 했다. 나르사스에게는 정치와 용병을 배우고 다룬에게는 검과 활을 배운다. 둘 모두 교사에게는 상당히 좋은 학생들이었다.

"장래에 아르슬란 전하께서 샤오가 되고 엘람이 이를

보좌하면 좋은 정치를 하실 수 있지 않겠나?"

다륜이 그런 미래를 그려보자 나르사스는 신두라의 지도에서 시선을 떼지 않고 대답했다.

"그러게 말이지. 늦어도 10년 후에는 그렇게 되었으면 좋겠군. 그러면 자네도 나도 속세의 의무에서 해방될 수 있겠지."

나라가 해방된 후 그들은 무엇을 하면 좋을까. 나르사스는 화성 마니의 재림을 목표로 붓을 쥘까? 다륜은 잃어버린 사랑을 찾아 세리카로 다시 떠날까? 저마다 벗의 장래를 생각하면서, 집요하게 질문하지는 않고 서로의 존재를 인정하고 있었다.

그리고 그 시간, 그들보다 미숙한 열네 살 소년도 자기 자신의 과거와 현재와 미래에 대해 생각에 잠겨 있었다. 아르슬란은 임시로 그의 거성이 된 구자라트 성새의 성벽에 기대 이국의 별빛에 젖으며 혼자 생각에 잠겨 있었다. 아니, 정확하게는 한 마리가 더 있었다. 왕자의 어깨에는 아즈라일이 기대 앉아 날개 없는 친구를 지켜주듯 눈을 빛내고 있었다.

그 비참한 아트로파테네에서의 패전 이후 아직 넉 달도 지나지 않았다. 그런데도 벌써 10년은 지난 것 같았다. 여러 가지 일이 있었다. 너무나도 많은 일이. 그런 것들 가운데 지금 아르슬란의 마음을 차지한 것은 그의 신상에 관해 마르즈반 바흐만이 무엇을 알고 있는가 하는 의문이었다.

"……왕태자 전하, 이 전쟁이 끝나고 페샤와르 성새로 돌아가면 이 늙은이가 아는 것을 모두 밝혀드리겠나이다. 그때까지는 부디 말미를 주시옵소서."

신두라로 출정하면서 바흐만은 그렇게 말했다.

아르슬란은 초연할 수 없었다. 바흐만이 무슨 말을 할지, 그것을 알고 싶다는 마음과 알고 싶지 않다는 마음이 소년의 몸속에서 서로 다투는 것이다. 그리고 그 너머에 심연이 펼쳐져 있다. 작년 말, 겨우 50일쯤 전에 있었던 일이다. 아르슬란은 겨울 별들이 내려다보는 페샤와르 성의 성벽 위에서 바흐만이 외쳤던 것을 떠올렸다.

"그분을 해하면 파르스 왕가의 정통한 혈맥이 끊어지고 마네! 죽여서는 안 돼!"

그분이란 아르슬란이 아니었다. 아르슬란을 죽이려고 덤벼들었던 은색 가면을 쓴 사내. 그를 죽여서는 안 된다고, 바흐만은 소리를 질렀던 것이다.

은가면은 대체 누구일까.

그 사내는 왕가의 피를 이어받았다. 그것은 틀림없는 사실이다. 아르슬란이 알 수 없는 인과를 그는 분명 알고 있을 것이다.

열네 살 소년치고 아르슬란은 참으로 다사다난했다.

침략자를 몰아내고, 나라를 되찾고, 사로잡힌 부모님을 구해내야만 한다. 그러므로 평소에는 이런 의문도 잊고 지냈다. 하지만 이런 밤처럼 잠깐의 여유가 찾아오면 생각이 나고 마는 것이다.

……그리고 애매한 주제에 가장 근원적이고 무시무시한 의문이 아르슬란의 가슴 깊은 곳에서 거품을 일으키기 시작했다.

자신은 대체 누구일까……?

아르슬란이 몸을 떤 것은 한순간 강해진 겨울 밤바람 탓은 아니었다. 스스로의 생각이 소년을 전율케 했던 것이었다. 아르슬란은 안드라고라스 왕과 타흐미네 왕비 사이에서 태어난 파르스의 왕태자가 아니었던가. 이를 의심할 이유 따위는 없었다. 이제까지는. 그러나 그때 바흐만이 했던 한마디가 가시가 되어 마음에 박혔다. 바흐만 자신도 아르슬란에게 자책하는 마음이 있는 만큼 현재는 묵묵히 충성을 다하고 있었다. 그러나 그렇다 해도 그 한마디가 의미하는 바는 아르슬란에게 너무나 무겁고 쓸쓸했다.

성벽 위에서 발소리가 나 아르슬란은 흠칫했다. 아즈라일이 소년의 어깨 위에서 날카롭게 울었다. 그러나 나타난 사람은 적이 아니라 듬직한 아군이었다. 갑주만을 벗은 흑의기사가 정중하게 고개를 숙였다.

"왕태자 전하, 아무리 남국이라 해도 겨울 밤바람은 몸에 해롭습니다. 그만 잠자리에 드셔야 하지 않겠습니까."

"다룬."

"예?"

"나는 대체 누구일까."

중얼거리는 듯한 목소리는 밤바람을 타고 다룬의 귀에 들어갔으며, 흑의기사는 전장에서는 절대 보이지 않을 동요를 어렴풋이 드러냈다. 사실 교언영색巧言令色과는 인연이 없는 사내다. 적당한 대답이 창졸간에 떠오르질 않았다. 아르슬란의 질문이 뜻하는 바를 정확히 아는 만큼 더욱 그러했다.

"그런 생각은 너무 깊이 하지 마십시오. 나르사스도 말하지 않았습니까. 충분한 지식을 얻지 않고 혼자 생각에 잠겨봤자 올바른 해답은 나오지 않는다고……."

바흐만이 모든 것을 고백할 때까지 기다리라는 말이었다. 그럼에도 여전히 아르슬란이 침묵을 지키자 흑의기사는 무언가를 떠올린 듯 다시 입을 열었다.

"전하의 정체는 소인이 잘 알고 있습니다."

"다룬이?"

"예. 전하는 이 다룬에게 소중한 주군이십니다. 그것만으론 부족하십니까, 전하."

아르슬란의 어깨 위에서 아즈라일이 살짝 울었다. 아

르슬란은 반대쪽 손을 뻗어 매의 형태를 한 벗의 머리를 쓰다듬었다. 맑게 갠 밤하늘색 눈동자에서 은색 파도가 넘쳐나 뺨을 타고 흘러내렸다.

어째서 눈물이 나왔는지 아르슬란은 잘 알 수 없었다. 알 수 있는 것은 지금 울어도 결코 부끄러움이 되지는 않는다는 사실이었다. 걱정스레 들여다보는 아즈라일의 머리를 연신 쓰다듬으며 왕자는 중얼거렸다.

"고맙다, 다륜."

……이날 밤, 가데비 왕자는 마침내 15만 병력을 움직이기 시작했다. 북쪽의 파르스군을 치는 척하면서 남쪽에 진을 친 라젠드라군을 유인할 생각이었다. 라젠드라군이 가데비군의 배후를 치려 한다면 군을 되돌려 정면으로 이를 쳐부술 것이다. 라젠드라가 가데비의 부재를 틈타 수도를 치려 한다면 역시 반전하여 라젠드라군을 배후에서 쳐부순다. 가데비군의 전력은 압도적이었으므로 충분히 밀어붙일 수 있을 것이다.

"내 주적은 라젠드라다. 다소 손해가 나더라도 어쨌거나 놈의 군대를 없애고 놈의 목을 취할 것이다. 파르스군 따위는 그 다음에도 어떻게든 되겠지."

가데비는 그렇게 결의한 것이었다.

제3장 저무는 해 속의 비가悲歌

I

　가데비 왕자가 대거 군대를 움직였다는 소식은 즉시
파르스군에도 전해졌다. 가데비가 이끄는 전군 15만 중
2만이 구자라트 성의 파르스군에 대비하고 나머지 13
만이 라젠드라군과 교전을 시작했다는 것이다.

　성의 넓은 방에서 파르스군의 작전회의가 열리고 자리
에 앉은 나르사스가 다음과 같이 발언했다.

　"가데비가 무슨 생각인지는 잘 압니다. 그리고 그의
결의는 옳습니다. 적을 압도하는 대군을 갖춘 이상 정
면에서 힘으로 적을 쳐부수는 것이 용병의 상식이니까
요……."

　그 의견에 마르즈반 바흐만이 크게 주억거리며 찬성
하는 뜻을 보였다. 나르사스가 가진 군사로서의 식견을

그도 나름대로 인정은 하고 있었다.

"그러나 가데비는 우리 파르스군의 진가를 모릅니다. 불행한 그에게 이 사실을 가르쳐 주지요. 그가 교훈을 살릴 수는 없겠지만 라젠드라에게는 잘 보여줄 필요가 있습니다."

고개를 끄덕인 아르슬란은 전군에 출동을 명령했다.

1만 남짓한 파르스군은 대부분이 마르즈반 바흐만의 부대였다. 여기에 아르슬란 왕태자와 여섯 직신直臣, 그리고 키슈바드가 붙여준 500기가 더해졌다. 기이브는 바흐만을 두고 과연 신용할 수 있겠느냐고 했지만, 나르사스는 이미 그 점에 대해선 걱정하지 않았다. 걱정이 있다면 한 가지, 예전에 파랑기스가 말했듯 바흐만이 죽음의 유혹에 사로잡힌 것은 아닌가 하는 것뿐이었다.

왕가에 대한 완고할 정도의 충성심. 그것이 그가 품은 비밀의 무게를 견뎌내지 못하는 것은 아닐까. 자신의 죽음으로 무시무시한 비밀을 세상에 남기지 않겠노라 몰래 결의했는지도 모른다.

그렇게 놔두지는 않겠다고 나르사스는 생각했다. 다만 성가시게도, 이 건에 관해서만은 나르사스도 자신의 생각이 옳은지를 덮어놓고 믿을 수가 없었다.

자신의 생각이 옳다고 덮어놓고 믿는 신두라의 두 왕자는 2월 10일 '찬디가르 평원'이라 불리는 곳에서 각각 군을 이끌고 대치했다.

가데비는 흰 코끼리에, 라젠드라는 백마에 타고 있었다. 둘 다 보석으로 잔뜩 치장한 갑옷을 걸치고 흰 비단 터번을 머리에 감았으며, 이 터번에도 커다란 보석이 달려 있었다. 하나에서 열까지 대항할 생각인지 가데비는 청옥(사파이어), 라젠드라는 홍옥(루비)이었다.

"백상白象을 탄 왕자님과 백마를 탄 왕자님이라니, 화려한 싸움이군."

예전에 두 왕자의 차림새를 전해들은 기이브는 그렇게 비웃은 적이 있다.

신두라에서는 전쟁을 치를 때 이처럼 정면에서 적과 대면하면 각자 군의 총수가 자신이 옳음을 큰 소리로 주장하는 것이 관례였다. 싸움은 우선 설전부터 시작되는 것이다.

두 왕자는 백 걸음 정도 거리를 두고 서로를 노려보았다. 먼저 설전을 개시한 것은 가데비였다.

"라젠드라. 고작해야 노예 계집의 배에서 태어난 개자식의 몸으로 지존의 자리를 노리다니, 분수를 몰라도 정도가 있어야 하는 것 아니냐. 어울리지도 않는 백마에서 내려와 무릎을 꿇고 고개를 조아리며 사죄한다면 목숨만은 살려주마."

그 말을 들은 라젠드라는 틀어올린 입가에서 조소를
터뜨렸다.

"내가 개자식이라면 개를 상대로 이겨본 일도 없는 네
놈은 개보다 못하겠구나. 우리의 부왕께서 정식으로 왕
태자를 책봉하시지 않았던 이유가 무엇이라 생각하나?
모친의 혈통으로 따지자면 네놈이 월등히 우위일 텐데
도 그러시지 않으신 것은 네놈 개인이 나 개인보다 훨씬
못났기 때문이다."

말재간으로 따지면 가데비는 라젠드라의 발치에도 미
치지 못했다. 말문이 막혀 입을 다문 후에는 즉시 무력
에 호소하기로 결심했다.

"라젠드라 저 개자식을 짓밟아버려라!"

이리하여 이복형제의 싸움이 시작되었다.

처음에는 형세가 호각인 것처럼 보였다.

가데비군은 13만, 라젠드라군은 5만. 제대로 맞붙는
다면 라젠드라에게는 승산이 없다. 그러나 이때 라젠드
라는 우선 전장을 잘 골랐다. 찬디가르 평원은 몇 줄기
의 강으로 분단된 그리 넓지 않은 분지였으므로 가데비
는 전군을 한 번에 전장에 투입할 수가 없었던 것이다.
다만 옆으로 넓지 않은 만큼 가데비군의 진영은 두터워
중앙돌파는 불가능했다.

기병과 기병의 격돌에 보병간의 교전이 이어졌다. 흙 먼지가 피어나고, 검과 창과 방패가 번뜩이고, 비명이 울려 퍼지고, 절단당한 육체에서 피가 솟구쳐 모래를 검붉게 물들였다.

한순간이 지날 때마다 죽음이 태어났다. 말 위에서 인 간이 검을 내지를 때마다 말까지도 상대의 말을 물어뜯 으며 미친 듯이 울부짖었다.

정오 직전, 가데비 측 기병의 파상공격은 1천을 넘는 인마의 시체를 땅에 뿌리고 실패로 끝났다. 라젠드라가 우위에 선 것처럼 보였다. 그러나 그때 가데비군의 일 부에서 작은 산 같은 것이 꿈틀거렸다. 먼 천둥과도 비 슷한 소리가 공기를 갈랐다. 발밑의 대지가 기분 나쁜 요동을 전해주었다. 이를 알아차렸을 때 라젠드라군의 장병들은 긴장한 낯빛을 띠었다.

"라젠드라 전하. 전투코끼리 부대가 움직이고 있사옵 니다!"

"벌써……."

그만큼 가데비는 진심이었으며, 조바심을 냈다는 뜻 이기도 하리라. 라젠드라에게도 결전의 자리였다. 그의 군대는 기병, 보병, 전차병으로 이루어졌다. 신두라 최 강의 전투코끼리 부대는 가데비의 수중에 있다. 자신감 이 터번을 두른 것과 같은 라젠드라조차 이 점이 얼마나 불리하게 작용할지 자각하지 않을 수 없었다.

"궁전대 전진! 코끼리들에게 화살을 퍼부어 주어라."

명령을 받은 궁전대는 용감하게 이에 따랐다. 그러나 그들의 용기는 보답받지 못했다.

뿌오오오오……. 포효를 터뜨리며 돌진하는 500마리의 전투코끼리는 쏟아지는 화살에도 아랑곳 않고 즉시 라젠드라군에 육박하여 궁전대를 짓밟고 그대로 돌진했다. 무겁고 긴 코를 휘둘러 보병의 머리를 터뜨리고 엄니로 말을 들어 올리고 진지의 목책을 날려 버렸다.

전투코끼리 부대의 위력은 그야말로 무시무시했다. 파괴와 악의의 거대한 덩어리가 라젠드라군을 밀어붙이고 짓밟고 걷어차 부수었다. 모래와 피와 비명이 줄무늬 연기가 되어 피어올랐다.

라젠드라군의 전열은 순식간에 동요하기 시작했다. 간신히 대형만은 유지하면서 백 걸음, 이백 걸음 후퇴했다. 전투코끼리가 포효만 해도 황급히 물러나는 형국이었다. 라젠드라군은 원래 수가 적은 데다 기세에서조차 밀리게 되니 승산은 사라지고 말았다.

"나에게도 전투코끼리가 있었다면."

라젠드라는 이를 갈았지만 새삼스레 분해해도 소용이 없다. 라젠드라의 부하가 비명을 지르다시피 말했다.

"이대로는 참패하고 말겠사옵니다, 전하!"

"나도 알아!"

라젠드라는 소리를 질렀다. 무익한 보고를 하는 부하에게 속이 끓었다. 가데비와 다른 점은 상대를 채찍으로 때리지 않는다는 것이었다.

"하다못해 파르스의 기병부대가 있었다면 적의 병력을 분산시킬 수 있었을 텐데……. 흥, 나도 다 된 모양이지. 아까부터 푸념만 하고 있군."

라젠드라가 자조했을 때 전령 1기가 그에게 달려왔다.

"파르스의 기병부대입니다!"

자신이 잘못 들었나 생각했을 만큼 뜻밖의 길보였다. 그러나 사실이었다. 그의 눈앞에서 금세 전황이 변화하고 있었다.

가데비군은 무방비한 동쪽 측면을 찔려 혼란에 빠졌다. 파르스군은 세 차례에 걸쳐 화살을 일제사격한 후, 장창을 나란히 겨누고 돌진해 적의 대열을 호되게 후려쳤다. 승세를 타려던 가데비군은 발목을 붙들리다시피 해 개전 당시부터 전진했던 거리를 되밀려 나고 말았다.

라젠드라는 행동이 잽싸다. 스스로 말을 몰아 파르스군에 달려가선 아르슬란 왕자의 모습을 찾아내고 소리를 질렀다.

"아르슬란 왕자, 대체 어떻게 여기까지 오셨나?!"

"약간 서둘렀습니다. 조금 더 일찍 오고 싶었습니다만."

황금 투구 안에서 아르슬란이 웃음을 지었다. 투구의 반사광이 눈부신 미소로 보였다. 오른손을 척 들자 유명한 파르스의 기병부대가 고고히 신두라의 태양을 향해 창을 쳐들고,

"야샤스인(전군 돌격)!"

호령 아래 다시 적진으로 뛰어들었다.

파르스군이 이렇게나 신속한 행동을 취할 수 있었던 이유는 뭐니 뭐니 해도 전군이 기병으로 이루어졌기 때문이다. 나르사스의 조치는 더욱 교묘하기 그지없었다. 우선 구자라트 성을 감시하는 가데비군에게 파르스군이 성을 나간다는 유언비어를 퍼뜨렸다. 그리고 실제로 상당한 숫자의 부대가 성을 나왔다. 가데비군은 텅 빈 성을 점령하기 위해 돌입했다. 그때 성벽 위에 숨어 있던 파르스군에게 화살비를 얻어맞아 큰 피해를 입고 만 것이다. 강공책에 혼이 난 가데비군은 성 남쪽에 진을 치고 지구전에 돌입했다. 그런데 성벽에 나란히 세워놓은 파르스의 군기는 모두 겉보기일 뿐이었고, 사실 파르스군은 북문을 통해 몰래 성을 나와 약간 동쪽으로 치우친 우회로를 따라 남동쪽 방향에서 전장에 나타났던 것이다. 가데비군은 파르스의 공격에 대비해 서쪽과 북쪽의 진영을 두텁게 했으므로 파르스군의 기습은 백지에 그린 그림처럼 멋들어지게 성공을 거두었다.

그리고 지금. 파르스군이 강하다는 사실을 가데비도 자기 자신의 눈으로 확인하게 되었다.

1만 기병은 바흐만의 노련한 지휘 아래 완벽한 집단기동을 전개했다.

가데비군은 이때 대군의 결점을 드러내고 말았다. 총수인 가데비의 명령이 전해지지 않은 채 파르스군에 의해 측면이 도려져 나가, 조직적으로 반격하지도 못하고 제각각 대응하는 바람에 순식간에 상처를 확대해 버리고 말았던 것이다.

바흐만의 안심할 수 있는 지휘에 아르슬란의 직신들은 왕태자의 신변을 지키며 한동안 구경만을 즐길 수 있었다. 신랄한 기이브조차 이렇게 중얼거렸을 정도였다.

"저 영감님 제법이네."

라젠드라의 이익은 곧 가데비의 손해다. 파르스군의 급습 소식을 들은 가데비는 이를 막지 못한 부하들의 무능함을 한바탕 욕한 끝에 내뱉듯 명령했다.

"전투코끼리 부대를 파르스군에게 붙여!"

무조건 전투코끼리 부대를 쓰면 전황은 호전된다. 그러한 가데비의 신념은 그야말로 안이했으나 그가 그렇게 믿는 것도 무리는 아니었다.

이제까지 상처 하나 입지 않은 무적의 전투코끼리 부대는 대지를 진동시키며 마침내 파르스군을 향해 달려

들었다.

Ⅱ

 "신두라의 전투코끼리 부대로군!"

 용맹을 떨치는 파르스군도 이것 앞에서는 침을 삼킬
수밖에 없었다.

 이제까지 파르스군은 신두라군과 수십 번이나 싸웠지
만 기병전이나 보병전에서는 항상 적을 압도했다. 고전
했을 때는 항상 전투코끼리 부대가 절묘하게 쓰였다.
용맹무쌍한 안드라고라스 왕조차 전투코끼리 부대와는
정면으로 싸우려 하지 않았다.

 게다가 가데비는 이 전투에서 코끼리들의 먹이에 약물
을 섞어놓았다. 약의 작용으로 흉포해진 코끼리들은 살
아있는 사나운 흉기가 되었다.

 코끼리의 먹이에 약물을 섞는 데에는 코끼리의 사육사
들이 격렬히 반대했다. 그들은 코끼리를 가족처럼 귀여
워한다. 약물에 중독시켜 단순한 살인도구로 만드는 데
에는 참을 수가 없었다.

 그러나 때마침 찾아온 한기에 움츠러든 코끼리들은 좀
처럼 움직이려 하질 않았다. 가데비의 입장에서는 추
위 때문에 움직이지 못하는 전투코끼리 부대 따위 창고

에서 썩어가는 보물단지나 마찬가지였다. 가데비는 반대하는 사육사 중 하나를 스스로 검을 휘둘러 베어버렸다. 본보기를 위해서였다. 이렇게 해 신두라 역사상 가장 흉포한 전투코끼리 부대가 탄생했다.

돌진한다기보다는 폭주하는 코끼리의 대군은 공기와 대지를 뒤흔들었다.

파르스군은 도망쳤다.

처음부터 싸울 마음 따위 없는 듯 멋들어진 도주였다. 물론 이는 패주가 아니었다. 나르사스의 계획과 바흐만의 지휘에 따른 것이었다.

전투코끼리 부대는 퇴각하는 파르스군을 쫓았다.

약물의 효과였다. 도망치는 자를 보면 어디까지고 따라가고, 따라잡아, 밟아 짓이겨 버리지 않을 수 없는 것이다. 그 사나움은 코끼리를 모는 병사들의 능력을 넘어섰다.

"멈춰! 더 천천히 가!"

코끼리 등에서 병사들이 소리를 질렀지만 코끼리들은 이를 무시했다. 아니, 원래 온화한 코끼리들은 이제 완전히 미친 상태였다. 오로지 피를 갈구하며 앞으로 나아갔다. 그 기세에 가데비군의 다른 부대는 도저히 따라갈 수가 없었다.

이리하여 파르스군은 교묘하게 전투코끼리 부대만을

돌출시켜 가데비군의 진형을 혼란에 빠뜨리는 데 성공한 것이다.

"역시 바흐만 장군은 백전노장이군. 전장에서의 임기응변이 확실한걸."

아르슬란의 곁에서 다륜이 감탄하여 중얼거렸다. 나르사스는 아군에게 신호를 보내 열 대의 차량을 진영 선두로 내보냈다.

그것은 투석기를 개량한 병기였다. 거대한 돌 대신 독을 바른 장창을 한꺼번에 서른 개 발사할 수 있었다. 화살로는 코끼리의 두꺼운 피부를 뚫을 수 없다. 용수철을 이용하여 더 강력한 힘으로, 더 큰 무기를 내던질 필요가 있었다. 신두라군과 전투할 수밖에 없게 된 날부터 나르사스는 이 병기를 위한 도면을 그려왔던 것이다.

전투코끼리 부대가 사납게, 무질서하게, 흙먼지를 일으키며 육박했을 때 나르사스의 손이 휙 올라갔다.

열 대의 차량에서 300자루의 창이 바람을 가르며 날아올랐다. 그것이 흙먼지 속으로 잇달아 모습을 감추자 한층 더 요란한 포효가 일어났다.

코끼리들의 돌진이 멈추었다. 몇 자루나 되는 창에 거구를 꿰뚫려 피를 흘리고 발버둥치고 미친 듯이 날뛰었다. 움직일수록 독이 퍼져 포효는 비명으로 바뀌었다. 제2진의 비창飛槍 300자루가 다시 그 위로 쏟아져 코끼리들이 쓰러지기 시작했다.

쓰러진 코끼리는 지축을 뒤흔드는 땅울림을 냈다. 뿌오오오오⋯⋯. 대기를 후려치는 듯한 비명을 지르며 인간의 허벅지보다도 굵은 코를 하늘로 들어올린다. 코끼리를 조종하는 병사들은 땅에 내동댕이쳐져 코끼리의 몸이며 다리에 짓밟혀 절규했다. 지상에 조그만 살덩어리의 산이 수없이 생겨났고 여기에 꽂힌 창이 숲을 이루며 흔들거렸다. 주정뱅이의 악몽에 나타날 것 같은 광경은 강한 피냄새로 충만했다.

"다륜!"

아르슬란이 돌아보자 그의 곁에 대기하고 있던 흑의 기사는 모든 명령을 이해하고 고개를 끄덕였다. 흑마의 배를 걷어차 전장 한복판으로 뛰어들어갔다.

다륜의 기마술은 신기神技에 가까웠다. 흑마 또한 기수의 기량을 잘 소화해내, 발버둥치고 날뛰는 코끼리떼 사이를 누비고 달렸다. 코끼리의 코, 이빨, 다리 사이를 빠져나가 똑바로, 맹렬히 달려들었다. 적의 총수인 가데비 왕자의 흰 코끼리를 향해.

흰 코끼리 등에 옥좌를 놓고 그곳에 앉아 있던 가데비는 인마일체가 되어 돌진하는 다륜의 모습에 전율했다.

"저 새까만 기사를 죽여!"

흰 코끼리의 등에서 가데비가 절규했다.

그 목소리에 호응해 가데비의 신변을 지키는 기사들이 저마다 손에 무기를 들고, 두려워하는 기색도 없이 단기로 달려오는 파르스인에게 공격을 가했다.

이때 다륜의 손에 있던 무기는 세리카에서 온 극戟이었다. 긴 자루 끝에 양날 검신을 세 개 달아놓은 것으로, 찌르고 베고 후리는 세 가지 기능을 겸비해 난전에 적합했다.

다륜은 이 극을 마상에서 좌로 우로, 무시무시한 속도로 내리치고 쳐올렸다. 그의 주위에서 인마의 절규가 일어나고 절단된 목이며 팔이 허공에 난무했다. 신두라군의 전사들은 피안개와 함께 하나하나 다륜의 주위에서 날아가버리는 것처럼 보였다.

"비켜라! 개죽음을 당하고 싶으냐!"

다륜의 망토 안감은 진홍색이다. 그것이 신두라 병사들의 유혈에 젖어 이 세상의 것이라고는 여겨지지 않는 붉은 기운을 띠었다. 금세 극의 자루까지 선혈로 적시며 다륜은 포위망을 뚫고 흰 코끼리의 거구를 올려다보며 날카롭게 물었다.

"가데비 왕자인가?!"

흰 코끼리를 탄 왕자는 대답하지 않았다. 창졸간에 목소리가 나오질 않았다. 정신없이 허리춤의 검을 뽑았다. 칼집에도 칼자루에도 정신없이 보석이 박혀 있었으나 역시 칼날만은 철로 만든 것이었다.

"코끼리를 갖다붙여라. 말과 함께 놈을 짓밟아!"

코끼리를 모는 노예병의 등에 채찍을 내리쳤다. 노예병이 고통에 소리를 지르면서도 왕자의 명령에 따르는 모습을 다륜은 말 위에서 바라보았다.

'아르슬란 전하라면 저런 짓은 결코 하지 않으시지.'

그렇게 생각하며 흑마를 몰아 흰 코끼리의 뒤로 돌아가려 했을 때 공기 가르는 소리가 다륜의 갑주를 두드렸다.

"앗……!"

허공에서 꿈틀대며 날아온 흰 코끼리의 거대한 코가 다륜의 극을 감아 빼앗았다. 이를 하늘 높이 집어던진다. 코끼리와 힘을 겨룰 수도 없어 다륜은 느닷없이 맨손이 되고 말았다. 비틀거리는 흑마의 자세를 바로 잡고 허리의 장검에 손을 가져갔다. 이때 코끼리가 무시무시한 포효를 터뜨리며 다륜의 머리 위를 몸으로 덮치려 했다.

"다륜!"

목소리까지 창백하게 물들이며 아르슬란이 외쳤다.

파랑기스와 기이브가 동시에 마상에서 활을 들고 시위에 살을 메겼다. 한순간 두 사람의 시선이 서로의 모습을 바라보았다. 한 사람은 유쾌하다는 듯 웃고 또 한 사람은 미소조차 보이지 않은 채, 둘은 동시에 화살을 쏘았다.

두 자루의 화살은 유성의 궤적을 그리며 날아가 흰 코 끼리의 좌우 눈에 박혔다.

앞이 보이지 않게 된 코끼리는 분노와 고통의 포효를 질렀다. 뿌오오오오……. 코를 휘둘러대고 네 개의 다 리를 굴러 아군 병사들을 짓밟아댔다. 불행한 신두라 병사의 몸이 터지고 뼈가 박살났다. 시력을 빼앗겨 균 형을 잃은 흰 코끼리가 수백 개의 북을 두드리는 것 같 은 소리를 내며 마침내 넘어졌다.

다륜은 흑마에서 가볍게 뛰어내려 애용하는 장검을 뽑 아들고 발광하는 흰 코끼리의 거구로 뛰어올랐다.

쓰러진 코끼리의 거구 위에서 검을 휘두르는 경험은 다륜에게는 처음 있는 경험이었다. 그러나 그가 가진 본래의 무용은 거의 손색을 보이지 않았다. 코끼리의 피부를 발로 밟으며, 허둥대는 가데비 왕자를 향해 강 검을 내리쳤다.

단 1합에 가데비의 보석투성이 검은 소유자의 손에서 허공으로 날아갔다. 가데비 자신도 보석으로 만든 의자 에서 내동댕이쳐졌으며, 코끼리의 피부 위를 기어 너무 나도 강한 적으로부터 도망치려고 발버둥을 쳤다.

다륜의 검이 짓쳐들었다.

그때, 마치 지진이 난 언덕을 질주하듯 흰 코끼리의

등으로 뛰어오른 1기의 인마가 있었다. 허공에 쳐든 검이 섬광의 폭포가 되어 다륜의 머리 위로 떨어졌다.

몸을 돌리며 그 격렬한 참격을 받아내고 상대의 검을 멀리 날려버린 것은 다륜이기에 가능한 일이었다. 그러나 아무리 다륜이라 해도 위아래로 요란하게 흔들리는 코끼리의 몸 위에서 균형을 유지할 수는 없었다. 반격하려다 비틀거리고 뒤로 쓰러져 코끼리의 몸에서 지상으로 굴러 떨어졌다. 긴 몸을 한 바퀴 굴려 벌떡 일어났다.

다륜을 넘어뜨린 기수는 그 이상 다륜을 상대하려 하지 않았다. 오히려 검을 잃어 오른손이 자유로워진 것을 이용했다. 오른팔을 펼쳐 흰 코끼리의 몸 위를 기어가는 가데비의 손을 잡고 말로 끌어올린 것이다. 그대로 안장 뒤에 태우고는 말의 배를 걷어차더니, 다시 모래먼지 속으로 뛰어들려 했다.

겨우 몇 순간 동안 일어난 일이었다. 너무나도 의외여서, 너무나도 산뜻해서 아르슬란의 직신들마저 넋을 읽고 그 광경을 지켜보았으나 제정신을 차린 파랑기스가 활시위를 잡아당겼다. 날카로운 화살촉이 도망자의 등을 겨누었다. 그러나 그때.

"쏘지 마라! 저것은 자스완트다!"

아르슬란의 목소리가 파랑기스의 동작을 정지시켰다. 자스완트의 모습은 금세 모래먼지와 혼전의 소용돌이

속으로 파고들어가 보이지 않게 되었다. 파랑기스가 슬쩍 고개를 가로젓고 활과 화살을 거두었다. 녹색 눈동자로 어리디어린 주군을 바라보며, 바람이 옷깃을 흔드는 듯한 미소를 머금었다.

"전하께서 그자를 살려주신 것이 이로써 두 번째이옵니다. 저자에게 은혜를 아는 마음이 있다면 좋겠사오나⋯⋯."

"글쎄."

아르슬란이 그렇게 대답하며 웃었을 때 다륜이 흑마를 타고 돌아왔다. 그의 무사한 모습에 아르슬란이 기뻐하고 있으려니 라젠드라 왕자가 의기양양하게 말을 몰아다가왔다. 전투코끼리 부대가 궤멸되고 총수가 도망친 덕에 가데비군은 허망하게도 무너지기 시작해 전투의 양상은 소탕전 단계로 들어가고 있었다.

"아르슬란 왕자, 덕분에 대승리를 거두었네. 참으로 고맙네. 이제는 도망치는 데에만 재주가 있는 겁쟁이 가데비를 쫓아가 수도 우라이유르를 함락시키는 것만 남았지."

"승리가 가까워진 것 같군요."

"그렇고말고, 마음의 형제여. 신두라에 정의가 회복될 그 날이 다가온 걸세. 그대의 호의는 결코 잊지 않을 걸세. 앞으로도 잘 부탁하네."

참으로 넉살 좋은 사내였다. 아르슬란의 뒤에 말을 대고 있던 기이브가 슬쩍 혀를 찼다.

"기이브, 그대는 자기 자신을 거울로 비추니 불쾌한 게로군."

오히려 파랑기스가 웬일로 농담 같은 소리를 하고, 기이브 또한 보기 드물게 부루퉁한 모습을 보이며 혼잣말을 중얼거렸다.

"아무리 그래도 난 저놈보다는 낫다고 생각하지만 말입니다."

그러자 그때까지 침묵을 지키던 나르사스가 더는 참을 수 없었는지 웃음을 터뜨렸다.

"하긴. 라젠드라 왕자도 자네와 같은 생각을 하고 있을 거야."

III

생각도 못한 참패였다. 가데비에게는 굴욕의 극치라고 할 수밖에 없었다. 자스완트 덕에 목숨을 건져 겨우 수도 우라이유르로 도망쳐 돌아온 가데비를 장인인 페슈와 마헨드라가 마중해주었다. 무사함을 기뻐하는 마헨드라에게 가데비는 쌀쌀맞게 대꾸했다.

"마헨드라, 그대 말대로 했다가 이 꼬락서니가 뭔가.

수십 년 동안 권세의 자리에 있는 동안 그대의 지혜에도 녹이 슨 것 같군. 조금 더 나은 지혜는 없었나?"

마헨드라는 망연자실한 것 같았으나 반론하려 들지는 않았다.

"소인의 책략이 참으로 부족했습니다. 하오나 성내에는 아직도 멀쩡한 병사들이 있고, 패잔병을 수습한다면 충분히 라젠드라에게 대항할 수 있을 것입니다. 무엇보다도 수도의 성벽은 쉽게 돌파할 수 있는 것이 아닙니다."

"흥, 과연 그럴까."

의심하는 듯, 또한 조롱하는 듯한 표정으로 가데비가 말했다. 이때 마헨드라의 눈에는 왕자의 얼굴과 몸을 치장하는 현란한 보석들이 모두 가짜인 것처럼 비쳤다.

"전투코끼리 부대도 불패이고 무적 아니었던가? 그런데 보게. 한 마리도 남지 않고 전장에 쓰러져 버렸어. 언젠가 자칼의 먹이가 될 게 뻔하지. 수도의 성벽도 어떻게 될지 누가 아나."

"전하……."

"아무튼 그대의 책임이야. 어떻게든 해 봐. 난 피곤해서 잘 테니까."

바로 며칠 전에는 그의 지혜를 칭송해 마지않았던 것조차 잊은 것처럼 가데비는 마헨드라에게 거만한 말을 퍼부어대곤 발소리도 거칠게 자신의 방으로 돌아갔다.

그 뒷모습을 지켜본 마헨드라는 천천히 시선을 돌렸다. 바닥에 한 젊은이가 한쪽 무릎을 꿇고 있었다.

"자스완트. 그대는 이번 패전에서 적의 검을 헤치고 가데비 전하를 구해드렸다지."

"예, 페슈와 각하."

"잘해 주었네. 한데 그 점에 대해 전하께서 자네에게 감사의 말씀을 하시던가?"

"아니오. 한마디도."

자스완트의 대답에 마헨드라는 한숨을 쉬었다. 신두라를 오랫동안 지탱해왔던 중신은 이때 단숨에 나이를 먹은 것처럼 보였다.

"내가 사위를 잘못 골랐는지도 모르겠구먼. 정말로 내 지혜에 녹이 슨 모양일세."

"……."

자스완트는 대답할 수 없었다. 마헨드라의 얼굴에서 바닥으로 시선을 떨구고 무언가를 견뎌내듯 입술을 깨물기만 했다.

마헨드라는 멋들어진 턱수염을 한손으로 문지르며 다시 생각에 잠겼으나, 약간 망설이듯 무언가를 말하려 했다.

"자스완트, 만일 그때……."

마헨드라의 말허리를 끊으며 자스완트는 펄쩍 뛰듯 고

개를 들었다.

"아닙니다, 페슈와 각하. 부디 그 말씀은 하지 마시옵소서."

어조는 강했으나 목소리가 살짝 떨리고 있었다.

마헨드라는 턱수염에서 손을 떼었다. 냉정한 정치가의 표정이 얼굴에 천천히 돌아왔다. 그는 가데비 일파의 중진으로서 온갖 상황에 대처해야만 한다.

"그랬지. 말해봤자 소용없는 것을. 자스완트, 이제 우리는 수도의 성벽에 기대 라젠드라 일당을 퇴치할 수밖에 없게 되었네. 그대만 믿겠네."

"황송한 말씀입니다. 미력하나마 반드시 각하께 힘을 보태드리도록 하겠습니다."

자스완트를 보낸 후 마헨드라는 장군이며 서기관 같은 자들을 차례차례 불러들였다. 성벽의 방비, 성내의 치안, 지방에 있는 아군과의 연락 등에 대해 명령을 내리고 의견을 묻기도 했다. 그때 라자 카리칼라의 병실에 대기하고 있던 시종 하나가 나타나 마헨드라의 귀에 무언가를 속삭였다.

페슈와의 중후한 표정에 감출 수 없는 놀라움의 빛이 번졌다.

"뭐야, 폐하께서 의식을 회복하셨다고?!"

그 말이 사실이라면 기뻐해야만 한다. 그러나 마헨드

라는 솔직히 말해 곤혹스러워하지 않을 수 없었다.

카리칼라 왕이 의식을 잃은 동안 신두라는 둘로 분열되고 말았기 때문이다. 아니, 대부분의 민중과는 상관이 없는 곳에서 왕실이 두 파벌로 분열되어 군대와 관리들이 다투고 있을 뿐이며, 염치없는 파르스군까지 나서 불에 기름을 붓고 돌아다니는 상황이다. 파르스군만 아니었어도 가데비 왕자는 라젠드라 왕자를 완전히 꺾고 국내를 평정했을 것이다. 그랬더라면 카리칼라가 눈을 뜨든 혼수상태인 채 숨지든 전혀 문제될 것이 없었을 텐데.

"즉시 폐하의 병실로 가겠다."

그렇게 대답하고 종종걸음으로 방을 나가려던 마헨드라는 어떤 사실을 깨닫고 발을 멈추었다. 라자가 의식을 회복했다는 사실은 한동안 비밀로 해두어야 한다. 비밀을 독점하는 것은 권력을 쥐기 위한 중요한 조건이다.

"이 사실은 내 허가가 없는 한 발설해서는 안 된다. 만일 명령을 어긴다면 그때는 각오해야 할 것이야."

"네, 네엣, 폐슈와 각하. 명령하신 대로 하겠습니다만, 가데비 전하께는 이미 알려드리고 말았습니다. 폐하께서 그렇게 원하셨기 때문에……."

이를 나무랄 수는 없었다. 다른 사람에게는 발설하지 말도록 새삼 다짐을 받아놓고 마헨드라는 왕의 병실로 향했다.

카리칼라는 여전히 병상에 드러누워 있었으나, 정말로 눈을 뜨고 오랜 벗인 페슈와의 모습을 바라보았다. 수척해진 것은 어쩔 수 없지만 마헨드라가 조금 이야기를 나누자 놀랄 정도로 의식이 또렷함을 알 수 있었다. 시의(侍醫)의 지시로 우유를 데워 계란을 섞은 것을 두 잔 마시더니 왕은 페슈와에게 말하기 시작했다.

"마헨드라, 내가 잠든 동안 세상은 평온했는가?"

생각해보면 태평하기 그지없는 질문이었다. 그러나 그렇다고 말할 수도 없어, 마헨드라는 공손히 고개를 숙이면서 재빨리 머리를 굴렸다. 왕이 건재하다면 앞으로의 사정은 크게 바뀔 것이다.

"사실은 두 왕자님 사이에 다소의 다툼이 있었나이다. 그리 심각한 것은 아니오나……."

단어를 고르면서 그렇게 말하기 시작했을 때 병실 밖에서 소란스러운 발소리가 들렸다. 마헨드라는 눈살을 찡그렸다.

그의 예상대로 거칠게 문을 열고 뛰어든 것은 가데비였다.

왕자는 마헨드라와 시의를 반쯤 떠밀듯이 부왕의 병상에 매달렸다.

"아바마마, 아바마마. 기운을 되찾으셔서 정말 다행입니다. 이보다 더 큰 기쁨은 없을 줄로 압니다."

"오오, 가데비구나. 너도 건강하여 기쁘다."

카리칼라의 깡마른 얼굴에 아버지의 애정이 퍼져나갔다. 가데비가 내민 손을 힘없이 쥐며 물었다.

"한데 라젠드라는 어찌 되었느냐? 여전히 여자와 놀고 다니기라도 하는 게냐? 아니면 야생 코끼리 사냥이라도 나갔느냐? 난감한 녀석이로고."

"그래서 말씀입니다만, 사실은 아바마마……."

마침 잘 됐다는 듯 가데비는 병상의 아버지에게 이복동생의 험담을 쏟아냈다. 왕의 건강을 걱정한 시의가 몇 번인가 말리려 했으나 왕은 한손을 들어 이를 제지했다. 험담거리가 떨어져 가데비가 입을 다물자 카리칼라는 이미 새하얗게 변한 수염을 흔들며 고개를 끄덕였다.

"그랬구나. 너의 이야기는 잘 알겠다."

"그러면 아바마마, 그 괘씸한 라젠드라에게 벌을 내려주실 겁니까?"

가데비는 눈을 빛냈으나 왕의 대답은 그리 호락호락하지 않았다.

"그러나 라젠드라의 말도 들어보아야 하지 않겠느냐. 그 녀석에게도 그 녀석의 생각이 있을 테니 말이다. 벌을 준다 하더라도 제대로 절차를 밟지 않는다면 불공평하지."

"하, 하오나 아바마마……."

자신도 모르게 허둥지둥하는 가데비를 왕이 눈에 힘을 주며 노려보았다.

"왜 그러느냐. 네가 옳다면 당황할 필요도 없을 텐데. 아니면 무언가 안 좋은 일이라도 있었던 게냐?"

이런 태도는 역시 일국의 왕이라 해야 할 만했다. 가데비도 그 이상 반론할 방법이 없었다. 왕은 병상에서 라젠드라 앞으로 편지를 쓰기 시작했다. 마지못해 퇴실한 가데비는 마헨드라와 나란히 복도를 걸으며 신음 소리를 냈다.

"마헨드라, 아바마마는 겨우 눈을 뜨시자마자 저런 괴상한 짓을 하시는군. 만일 라젠드라 놈의 말재간에 놀아나서 놈을 후계자로 지목한다면 큰일일세."

왕자의 두 눈에 위험한 빛이 번뜩이는 것을 보고 마헨드라는 그를 다독였다.

"심려치 마십시오, 전하. 라젠드라 측에 일방적인 정의가 있는 것도 아닙니다. 부황폐하의 말씀이 옳습니다. 가데비 전하는 아무것도 심려하실 필요 없습니다."

아무튼 지금 가데비와 마헨드라는 불리한 상황에 있다. 라젠드라가 승리의 기세를 타고 수도로 밀려들어온다면 형세는 더더욱 나빠질 것이다. 이참에 되살아난 카리칼라의 권세를 이용하는 편이 나을 것 같았다.

IV

카리칼라에게게서 온 사자가 라젠드라의 진영에 나타난 것은 이틀 후였다. 라젠드라도 잘 아는 시종이었으며, 라자가 라젠드라에게 보내는 편지를 들고 있었다.

"뭐야, 아버지가 의식을 회복했다고?!"

라젠드라에게도 이것은 뜻밖의 일이었다. 아버지는 죽은 거나 마찬가지이며 그저 무덤에만 들어가지 않았을 뿐이라고 믿어 의심치 않았으니까.

'이건 함정이 아닐까? 자신의 처지가 불리해졌음을 알고 가데비가 부왕의 이름을 사칭해 나를 불러내려는 것은 아닐까? 함부로 믿을 수는 없다.'

그렇게 의심했으나 편지는 분명 카리칼라 왕의 글씨체였다.

이틀 정도 사이에 사자가 황급히 오갔다. 라젠드라는 부왕 앞으로 나가 변명을 하게 되어, 얼마 안 되는 부하들과 함께 수도 우라이유르로 떠났다.

그야말로 상황 격변도 이만저만이 아니었다. 이 세상에는 나르사스조차 예상할 수 없는 일이 얼마든지 일어나는 법이다.

나르사스도 원래 싸움이 장기화되기를 바라지는 않았다.

파르스 본국을 너무 오래 비워 두어서는 안 된다. 가능하다면 봄에는 후방을 안정시키고 페샤와르 성으로 돌아가 대對 루시타니아 전에 대비하고 싶었다. 문제는 신두라 수도의 공방전이 오래 갈지도 모른다는 점이었는데, 라젠드라의 능력에 따라서는 다른 가능성이 나올 수도 있다.

수도에 입성한 라젠드라는 왕궁에서 부왕과 재회했다. 부왕이 건강을 회복한 데에 기쁨의 말을 한바탕 늘어놓은 후 그는 맹렬히 형제를 공격하기 시작했다.

"아바마마, 가데비의 감언은 믿지 마시옵소서. 이놈은 아바마마가 와병하신 틈을 타 마헨드라와 결탁하여 국정을 마음대로 움직였습니다. 애초에 아바마마께서 수상쩍은 비약 따위를 드시도록 했던 것도 가데비의 사주였다고 저는 믿고 있습니다."

호되게 험담을 늘어놓았으나 내용은 가데비가 했던 말과 거의 차이가 없었다. 인명이 달랐을 뿐이다. 이윽고 가데비가 불려나와 공개토론 형식이 되었으나 한나절이 걸리도록 결판이 나질 않았다. 결국 입이 피곤해진 왕자들을 약간 한심하다는 투로 바라보며 카리칼라가 입을 열었다.

"나는 지혜에 한정이 있는 몸이다. 서로 다투는 두 친아들 중 누가 옳은지, 한심하게도 감을 잡을 수가 없구

나. 따라서 결단을 신께 맡길 수밖에 없다."

가데비와 라젠드나는 서로 증오하는 사이임에도 한순간 그 사실을 잊고 눈빛을 나누었다.

"아디칼라냐(신전결투神前決鬪)로 나의 후계자를 결정하겠다."

옥좌 왼쪽과 오른쪽에서 동시에 숨을 멈추는 기척이 났다.

신전결투란 서로 다투는 두 사람이 무기를 들고 결투해 승자를 신들의 이름으로 정의라 인정하는 방식의 특수한 재판이다.

"피를 나눈 형제끼리 직접 검을 휘둘러 목숨을 빼앗는다면 지나치게 참혹하니, 신들께서도 대리인을 세우도록 허락해주실 것이다. 가데비, 라젠드라. 너희는 각각 지인이나 부하들 중에서 자신의 운명을 맡길 용사를 선택하거라. 이긴 쪽의 주인이 신두라의 라자가 될 것이다."

카리칼라의 표정과 목소리에는 반론을 용납하지 않겠다는 지엄함이 있었다. 가데비도 라젠드라도 아버지에게서 왕으로서의 참모습을 본 것 같았다.

물론 나중에 그 사실을 파르스군이 알았을 때 기이브는 통렬하기 그지없는 비판을 퍼부었다.

"신두라의 임금님은 어지간히 스스로 책임지기를 싫어하시나 보군. 잘난 척은 다 하지만 결국은 신들에게 판단을 떠넘기겠다는 거 아냐."

파르스의 신을 섬기는 처지인 파랑기스도 녹색 눈동자에 비아냥거리는 빛을 머금었다.

"신두라의 신들이 어느 야심가의 편을 들어주실지, 패배한 쪽은 고분고분 신들의 뜻에 따를지. 어느 쪽이든 볼만하겠는걸."

그들만큼 신랄하지는 않다 해도 아르슬란 또한 신전결투라는 형식에는 의문을 느꼈다. 결국 강한 자가 승리하고 강한 자가 옳다는 소리가 되는 셈이니, 그것이 진정한 정의로 이어지리라는 생각은 들지 않았다. 그 점을 아르슬란이 묻자 나르사스는 대답했다.

"전하의 말씀이 옳습니다. 그러나 신전결투에는 훌륭한 장점이 있지요. 이대로 양측의 군대가 충돌한다면 어느 쪽이 이기든 수많은 사상자가 나올 겁니다. 하지만 신전결투가 되면 죽는 사람은 패자 뿐. 최악의 경우라도 두 사람이 죽으면 끝납니다. 카리칼라 왕에게는 쓰디쓴 결단이 아니었을까요."

고개를 끄덕인 아르슬란은 새로운 의문에 부딪쳤다. 신전결투가 치러진다면 라젠드라는 누구를 대리인으로 세울까.

그 질문을 받은 나르사스는 묵묵히 장검을 갈고 있는 벗을 왼손 엄지로 가리켰다.

"라젠드라가 아는 최강의 용사라면 흑의흑마의 파르스 기사일 테지요."

나르사스의 예언은 적중했다. 금세 라젠드라 왕자가 아르슬란의 본진을 찾아와서는, 다륜에게 신전결투에서 자신의 대리인이 되어줄 수 없겠느냐고 말한 것이었다.

"나는 다륜 경께 신두라와 나의 운명을 맡기기로 했네. 흔쾌히 받아들여 주신다면 고맙겠네."

다륜의 대답은 지극히 간결했다.

"민폐군요."

한순간 머쓱해진 라젠드라는 도발하듯 두 눈을 빛냈다.

"설마 다륜 경, 결투에 이길 자신이 없다는 말씀은 아니겠지."

"해석은 마음대로 하십시오. 저는 아르슬란 전하의 신하이니 전하의 명령이 없는 한 어떠한 용무도 받아들일 수 없습니다."

아르슬란에게 고개를 숙이고 부탁하라는 소리였다. 라젠드라에게는 새삼 선택의 여지가 없었다. 자신보다 열 살 어린 아르슬란에게 요란하게 고개를 숙이고 간청했다. 아르슬란은 내심 가벼운 망설임을 느꼈으나 이것도 새삼스레 거부할 수는 없었다.

다륜은 정식으로 라젠드라의 대리인이 되어 신전결투에 임하게 되었다.

"뭐야? 그 흑의기사가 라젠드라 놈의 대리인이 되었다고?! 그 자는 파르스인이 아닌가. 신두라의 운명을 정하는 결투에 파르스인을 불러도 된단 말이냐!"

가데비는 분개했으나 신전결투의 대리인에 외국인을 세워서는 안 된다는 규칙은 없었다. 그는 어떻게든 다룬을 웃도는 용사를 자신의 대리로 보내야만 했다. 죽을힘을 다해 생각한 결과 그는 겨우 한 사내의 이름을 떠올리고 무릎을 탁 쳤다.

"그, 그래. 놈의 사슬을 풀어주어라. 바하두르의 사슬을 풀어주란 말이다. 놈 말고는 다룬이라는 자를 이길 사람이 없지. 놈을 나의 대리인으로 세우겠다."

바하두르라는 이름을 들었을 때 페슈와 마헨드라는 반대하고자 입을 열려 했다.

그러나 마헨두라도 가데비가 차기 신두라 라자가 되어주어야만 하는 처지였다. 바하두르를 사슬에서 풀어주도록 명령하면서 마헨드라는 내심 중얼거리고 있었다.

'바하두르. 그놈은 인간이 아니라 야수지만 이제는 놈에게 나라와 백성의 운명을 맡겨야겠군. 얄팍한 짓이지만 어쩔 수 없지.'

V

결투장은 수도의 성문 앞 광장에 마련되었다.

파르스 식으로 측정하면 반경 7가즈(약 7미터) 정도의 원 내부였다. 원 주위에는 고랑을 파고 그곳에 장작을 채운 다음 기름을 뿌렸다. 결투가 시작되면 장작에는 불이 붙어 화염의 원이 결투인의 도주를 차단한다. 게다가 원 안쪽에는 열 개의 굵은 말뚝이 박혔다. 말뚝에는 사슬에 비끄러매진 자칼이 있었다. 열 마리의 자칼은 이틀 동안 먹이를 주지 않아 한껏 굶주렸다.

불과 자칼, 이중의 벽으로 결투자의 도주로를 차단한다는 것이었다.

다륜은 흑의를 걸치고 죽음의 원진 한복판에 서 있었다. 장검을 지팡이 삼아 짚고 결투 상대가 나타나기를 기다린다.

성벽 위에는 관람석이 마련되었다. 라자 카리칼라를 정면으로 보았을 때 왼쪽에 가데비와 그의 일파가, 오른쪽에는 라젠드라와 그의 측근들이 앉아 있었다. 아르슬란 또한 나르사스, 기이브, 파랑기스, 엘람, 알프리드, 여기에 바흐만과 50명의 병사를 대동하고 라젠드라 측에 앉아 있었다. 파르스인들을 성내에 들이는 데 대해서도 가데비는 트집을 잡았으나 카리칼라가 라젠드라의 청원을 인정했던 것이다. 다만 신두라 병사들이 파르스인들의 주위를 단단히 에워싼 것은 어쩔 수 없었다.

이윽고 나타난 바하두르의 체격은 다륜의 큰 몸집을 세로와 가로로 웃돌았다. 그야말로 거인이었다. 신장은 2가즈(약 2미터)를 넘었으며 갈색 피부 안에서 근육이 불거져 나왔다. 신두라풍의 무장을 했지만 어딘가 곧추선 수인獸人이 억지로 옷을 입은 것 같은 느낌이었다. 털이 부숭부숭한 얼굴 안에 누렇고 조그만 눈이 번들거리고 있었다.

두 사람의 주위에서는 사슬에 묶인 자칼들이 굶주림에 사나워진 포효를 터뜨려댔다. 두 결투인은 이 자칼의 송곳니에서도 몸을 지켜야만 한다.

겨울 해가 기울어갔다. 저무는 해의 아래쪽 끄트머리가 서쪽 지평선에 닿은 것과 동시에 장작에 불이 던져지고 결투가 시작될 것이다.

바하두르의 거구를 보았을 때 아르슬란의 마음에는 한풍이 몰아닥쳤다. 그는 다륜의 용기에 절대적인 신뢰를 품고 있으나 바하두르를 보면 다륜에게 너무 위험한 역할을 떠넘기고 말았다는 생각이 들고 마는 것이다. 그는 관람석에서 몸을 내밀고 그의 소중한 용사를 불렀다.

"다륜……!"

그 목소리가 들렸는지 다륜이 성벽 쪽을 우러렀다. 아르슬란과 그의 신변을 지키는 동료들을 바라보고, 침착한 태도로 웃더니 고개를 숙였다. 그리고 바하두르 쪽으로 고개를 되돌리고는 다시 검을 짚은 채 결투 개시 신호를 기다렸다.

성벽 일각에서 신두라풍의 북이 울려 퍼졌다.

저무는 해의 아래쪽 끄트머리가 서쪽 지평선에 닿은 것이다.

드디어 결투가 시작되려 했다.

다륜은 발치에 놓아두었던 직사각형 방패를 들고 커다란 검을 고쳐 쥐었다. 신두라의 거인 바하두르는 방패를 들지 않은 채 양손으로 쓰는 거대한 전투도끼를 세워 놓았다. 그 갈색 얼굴에는 표정다운 표정이 전혀 보이지 않았다.

아르슬란은 어째서인지 섬뜩해졌다. 라젠드라 쪽을 돌아보고 물었다.

"라젠드라 왕자. 저 바하두르라는 자는 어지간히 강하겠지요?"

"아닐세. 다륜 경에게는 도저히 못 미치지."

그렇게 대답은 했지만 라젠드라의 얼굴에는 온화하지 못한 표정이 떠 있었다. 아르슬란은 시선을 약간 멀리 돌렸다. 그의 눈이 포착한 가데비의 얼굴에는 희미한 웃음이 떠 있었다. 가데비의 얼굴이 움직여 아르슬란과 시선이 마주쳤다. 우월감에 가득 찬 조소가 가데비의 얼굴에 천천히 퍼져갔다.

아르슬란의 마음에 불안과 후회가 기름기처럼 배어나
왔다. 어깨 위의 아즈라일이 이를 느꼈는지 조그맣게
울었다.

다륜은 아르슬란을 '소중한 주군'이라 불러주었다.
아르슬란의 입장에서는 분에 넘치는 호칭이었다. 다륜
이야말로 아르슬란에게는 소중한, 정말로 소중한 부하
가 아니던가. 다륜을 이러한 결투에 내보낸 것은 잘못
이 아니었을까.

엘람이 작은 목소리로 아르슬란을 격려했다.

"심려치 마십시오. 다륜 님이 패할 리가 없습니다, 전
하. 저분은 지상 최고의 용사니까요."

엘람의 왼쪽 얼굴이 갑자기 적동색으로 번쩍였다. 드
디어 장작에 불이 던져진 것이다.

요란하게 터지는 소리를 내며 불은 원형 고랑을 따라
번지고 적동색과 황금색 불길의 포위망을 만들어냈다.

마헨드라가 자신의 자리에서 일어났다.

"이제부터 신두라 차기 국왕의 자리를 걸고 신전결투
를 거행하겠다. 이 결과는 신성하며 불가침한 것인즉,
양측 모두 이의를 제기해서는 아니 될 것이다."

라자 카리칼라가 자리에서 일어날 수 없으므로 마헨드
라가 대리를 맡았던 것이다. 페슈와의 모습에 라젠드라
는 독기와 불신이 담긴 눈빛을 향했지만 입 밖으로는 아

무 말도 내지 않았다. 아무래도 부왕 때문에 자제할 수밖에 없는 모양이었다.

느닷없이 바하두르가 거대한 입을 벌렸다. 무시무시한 포효가 목구멍에서 터져 나왔다.

이는 자칼 열 마리의 포효를 압도하고 관람석 전체에 쩌렁쩌렁 울려 퍼졌다. 사람들도, 자칼들도 한순간 조용해졌을 정도였다.

메아리가 완전히 사라지기도 전에 결투가 시작되었다. 바하두르의 거구가 전진한다. 나라의 운명과 자기 자신의 목숨이 걸린 결투인데도 그렇게 여겨지지 않을 만큼 스스럼없는 전진이었다.

거대한 전투도끼가 불꽃을 반사하며 다륜에게 짓쳐들었다.

다륜은 뛰어 물러나며 방패를 들어 그 일격을 받아냈다. 왼팔에 저릿저릿한 감각을 느끼며 장검을 꽂아 넣는다. 강렬한 참격. 하지만 전투도끼에 튕겨났다.

바하두르의 괴력은 상상을 초월했다. 튕겨 나간 순간 다륜의 몸이 비틀거린 것이다. 장화 굽을 울리며 버티고 선 그의 눈에 또다시 달려드는 전투도끼가 비쳤다. 오른쪽이었다. 검을 들어 이를 튕겨 내려 했다.

기이한 금속성이 울려 퍼졌다.

다륜의 장검이 부러진 것이다. 은색의 긴 파편이 허공

을 춤추었다. 다륜의 손에는 손바닥 폭 정도의 칼날밖에 남지 않았다. 관람석에서 흠칫 숨을 멈추는 아르슬란의 눈이 전투도끼의 세 번째 공격을 포착했다.

다륜의 까만 투구가 튀어 나갔다. 균열이 일어난 투구는 허공을 날아 불꽃의 원 안에 떨어졌다. 흑발이 그대로 드러나고, 다륜의 머리와 얼굴은 무방비해졌다.

비틀거리는 다륜에게 다시 한 번 전투도끼가 엄습했다.

신두라인들 사이에서 와자한 감탄사가 터졌다. 파르스인의 관람석에서 알프리드는 살짝 비명을 질렀다. 아르슬란은 목소리도 내지 못했다. 맑게 갠 밤하늘색 눈동자를 크게 뜨고 사투를 지켜볼 뿐이었다.

다륜이 방패를 들어올렸다.

전투도끼가 방패 가장자리를 때려 부수고 다륜의 어깨를 쳤다. 그러나 이미 기세가 죽었으므로 타격은 가벼웠다. 다륜은 그 일격을 받아 흘린 것과 동시에 몸을 돌려 물러나고 자세가 흐트러진 바하두르의 옆얼굴에 방패를 꽂았다.

광대뼈가 부서질 만한 타격이었다. 그러나 바하두르는 허공에 띄웠던 발을 굳게 디디더니 다륜의 몸통을 향해 전투도끼를 수평으로 꽂았다.

다륜이 뛰어 물러나 그 일격은 허공을 갈랐다. 동시에 부러진 검을 내지르는 다륜. 짧아진 칼날이 바하두르의 팔을 스쳐 피가 튀었다. 검이 부러지지 않았다면 바하두르의 한쪽 팔은 잘려 떨어져나갔을 것이 분명했다.

바하두르는 한바탕 울부짖더니 머리 위에서 도끼를 휘둘러 다륜의 목을 향해 꽂았다.

이를 막아낸 방패가 쩌렁쩌렁 소리를 내며 두 쪽으로 갈라졌다. 절반이 된 방패의 좁은 측면으로 다륜이 바하두르의 콧등을 후려쳤다. 바하두르는 겨우 반걸음 후퇴했다. 사슬을 팽팽하게 당긴 자칼 한 마리가 달려들어 그의 다리를 물었다. 바하두르는 자칼과 함께 그대로 다리를 올리더니 왼손으로 자칼의 위턱을 잡고 아무렇게나 들었다.

다음 순간 자칼의 머리는 위아래로 뜯겨 나갔다.

피와 점액이 흩어지고 바하두르의 왼손에는 선혈의 고깃덩어리로 변한 자칼의 시체가 남았다. 관람석에서 공포에 질린 신음 소리가 일어났다.

자칼의 피와 점액을 뒤집어쓰고 바하두르는 껄껄 웃더니 시체를 내팽개쳤다. 그것은 동료 자칼들의 앞에 떨어졌다. 금세 골육상쟁이 일어나 뼈를 씹어 부수는 소리가 으스스하게 울려 퍼졌다.

"저건 인간이 아니야. 두 발로 서 있지만 도저히 인간 같지 않은데."

기이브가 신음하자 파랑기스가 자신도 모르게 하얀 이

마의 땀을 손끝으로 닦아냈다.

"인두겁을 뒤집어쓴 짐승은 어디에나 있는 법이나, 저자는 그야말로 맹수로군. 다륜 경은 인간 상대라면 패배할 리가 없지만……."

여기서 입을 다문 것은 아르슬란의 심중을 헤아렸기 때문이리라. 아르슬란은 호흡이 답답했다. 헐떡이는 그의 등을 파랑기스가 쓰다듬었다.

가데비는 거인을 부추겨댔다.

"바하두르, 죽여라! 파르스인을 갈기갈기 찢어 버리란 말이다. 그 자칼처럼!"

열띤 잔혹함이 빛나는 두 눈에 어려 있었다. 라젠드라가 혀를 차더니, 어떻게든 안 되겠냐고 말하고 싶은 것처럼 나르사스를 쳐다보았다.

물론 나르사스도 어쩔 도리가 없었다. 그뿐이랴, 일국에서 제일가는 현자라 칭송받는 이 사내가 아르슬란과 비슷한 몰골로 얼굴이 창백하게 질린 채 그저 사투를 지켜볼 뿐이었다. 그를 격려하듯 알프리드가 손을 잡아주고 있었으나 그것조차 모르는 눈치였다. 엘람만이 알아차려 살짝 눈썹을 치켜세우더니, 아니꼽다는 듯 헛기침을 했다.

관람하던 사람들이 다시금 술렁였다. 다륜이 대담하게도 바하두르의 품으로 뛰어들어 부러진 검을 휘둘렀던 것이다. 단검보다도 짧아진 칼날은 바하두르의 옆얼굴에 꽂혀 뼈까지 닿아 균열을 일으켰다. 피가 솟구쳤다. 파르스인들의 자리를 중심으로 환성이 일어났으나 그것은 금방 경악의 신음으로 바뀌었다.

"이럴 수가! 어째서 쓰러지질 않지?!"

이구동성으로 파랑기스와 기이브가 외쳤다. 저만한 부상을 입었다면 쓰러지거나, 그렇지 않더라도 격통 때문에 동작이 극도로 둔해질 것이다. 그러나 바하두르는 귀찮다는 듯 거구를 흔들었을 뿐이었다. 그러자 부러진 검은 다륜의 손에서 튀어 나가 그의 손이 닿지 않는 곳에 떨어졌다.

다륜은 뒤로 뛰어 물러났다. 역시 놀라지 않을 수 없었다. 그도 바하두르가 벼락을 맞은 거목처럼 쓰러지리라 예측했던 것이었다. 그러나 예측은 빗나갔다. 바하두르의 무시무시한 반격은 다륜의 몸통을 엄습하고 섬뜩한 마찰음을 내며 흉갑에 균열을 일으켰다. 그는 간신히 두 번째 공격을 피하고 후퇴했다. 그 순간 사슬에 묶인 자칼 한 마리가 전사의 장화를 물었다. 다륜은 몸을 옆으로 틀어 자칼의 머리에 수도를 꽂았다. 자칼의 두 눈이 튀어나오고 이빨이 떨어졌다. 놈은 바닥에서 몸부림쳤다. 동료들이 그 몸에 달려들어 굶주림을 채우기 시작했다.

자칼들의 골육상쟁에는 눈길도 주지 않은 채 바하두르는 전투도끼를 쳐들고 내리쳤다. 거대한 흉기가 다륜의 장신을 풍압으로 후려치고 대지에 파고들었다. 그 한순간에 다륜은 몸을 돌려 결투장의 중심으로 몸을 피했다. 대담한 흑의기사의 얼굴에서 땀이 방울져 떨어졌다.

관람석에서 아르슬란의 강한 시선을 받은 라젠드라가 더는 숨길 수 없음을 깨달았는지 반쯤 웅얼거리듯 처음으로 털어놓았다.

"바하두르는 보통 인간이 아닐세. 저자는 상어나 마찬가지야. 아픔을 느끼지 못하는 걸세. 그래서 아무리 상처를 입든 죽을 때까지 싸우고, 상대를 죽이려 하지."

맑게 갠 밤하늘색 눈동자가 아르슬란의 얼굴에서 불타올랐다. 그는 갑자기 자리에서 일어나더니 라젠드라를 노려보았다.

"당신은…… 당신은 그 사실을 알면서도 다륜을 신전결투의 대리인으로 골랐나? 다륜에게 저런 괴물을 상대하게 했나?"

"진정하시게, 아르슬란 왕자."

"이게 진정할 일이냐!"

아르슬란은 소리를 지르며 칼자루에 손을 가져가더니 라젠드라의 두 눈을 노려보았다.

"만일 다륜이 저 괴물에게 죽는 일이 생긴다면, 파르

스의 신들께 맹세코 저 괴물과 당신의 목을 나란히 이 성문에 걸어주지. 맹세코 그렇게 해주겠어."

태어나서 처음으로 아르슬란은 타인을 협박했다. 라젠드라는 쩔쩔 매며 창졸간에 반론도 하지 못했다. 허리를 들썩인 것은 반격하기 위해서가 아니었다.

"진정하시오, 파르스의 빈객이시여."

병자라고는 생각할 수 없는 지엄하고도 힘찬 목소리로 카리칼라가 파르스의 소년을 제지했다.

"가데비가 신전결투의 대리인을 고른 것은 라젠드라보다도 뒤였소. 빈객의 부하는 무쌍의 용사라지. 이길 수 있는 자가 없을까 고민한 끝에 내린 인선일게요. 그만큼 적에게서 두려움을 사는 부하를 주군이 믿어주셔야 하지 않겠소."

아르슬란은 입을 다물고, 얼굴을 확 붉히며 고개를 숙이더니 의자에 앉았다. 이를 희미한 웃음과 함께 바라보던 가데비가 부왕에게 속삭였다.

"아바마마, 파르스의 왕태자라면서 저렇게 이성을 잃다니, 참으로 꼴불견이 아닙니까?"

"가데비."

카리칼라의 목소리와 표정은 어스름 속에서도 침통하게 가라앉아 있었다.

"만일 네가 저 파르스의 왕자와 비교해, 하다못해 절반이라도 좋으니 부하를 소중히 여기는 사람이었다면 나는 너를 이미 옛날에 왕태자로 지목했을 게다. 왕은 홀로 왕일 수 없는 게야. 부하가 있어야 비로소 왕이지."

"명심하고 있습니다, 아바마마."

"……그렇다면 좋겠다만."

지친 듯 카리칼라는 입을 다물고 불꽃의 원으로 시선을 돌렸다. 물론 결투는 아직 이어지고 있었다.

보통 결투였다면 바하두르는 이미 옛날에 패배해 죽었고 다룬은 개가를 올렸을 것이다. 그러나 지금 장검도 방패도 잃은 다룬은 바하두르의 쇠할 줄 모르는 참격을 그저 피하기만 했다.

나르사스가 크게 숨을 토해내더니 자세를 고쳐 앉았다. 아르슬란과 카리칼라의 발언에 그도 여느 때의 지성을 회복한 모양이었다. 은근슬쩍 알프리드에게 잡힌 두 손을 빼, 해방된 팔을 가슴 앞에 팔짱을 꼈다.

나직한 중얼거림이 그의 입가에 맴돌았다.

"곧 끝나겠군."

그의 눈에는 다룬의 우세가 또렷이 보였기 때문이다. 그의 눈에만 그렇게 비쳤을 것이다. 타인에게는 바하두르의 짐승과도 같은 완력과 생명력을 앞에 두고 다룬은 어쩔 도리가 없는 것처럼 보였다. 가데비는 여유만만한 표정이었다. 라젠드라는 심통이 난 것처럼 반쯤 옆을 보고 있었다.

다륜은 한 손으로 망토 끈을 풀었다. 왼손에 든 망토를 뒤로 흔들어 불꽃의 원에 가져다댔다. 망토에 불이 옮겨붙어 금세 타올랐다.

불꽃의 얇은 판자로 변한 망토를 다륜은 바하두르의 상반신에 내리쳤다. 망토는 거인의 상반신에 휘감겨 타오르는 불꽃으로 그를 감쌌다.

포효가 터졌다. 바하두르는 망토를 붙잡아 집어던졌지만 그때 이미 그의 터번과 옷에도 불이 옮겨붙어 있었다.

상반신을 불꽃 그 자체로 만들고도 바하두르는 여전히 전투도끼를 들어 다륜에게 짓쳐들려 했다.

그때 처음으로 다륜의 오른손에 단검이 번뜩였다.

모두들 잊고 있었던 것이다. 다륜이 장검 말고도 단검을 가지고 다닌다는 사실을. 다륜이 부러진 검에 집착하는 것처럼 보였기 때문이었다. 물론 다륜은 그렇게 위장했을 뿐이었다.

그리고 다륜이 완벽하게 시기와 상황을 계산하여 단검을 번뜩인 순간, 승패는 갈라졌다.

바하두르의 목은 반쯤 절단되었다. 거무죽죽한 피가 분수처럼 솟아나고 그의 발치에 조그만 연못을 만들기 시작했다. 거대한, 표정 없는 머리는 불꽃에 휩싸여 휘청휘청 흔들렸다. 마치 어느 방향으로 쓰러질지 망설이는 것처럼 보였다.

그 목이 앞으로 기울어지더니 머리의 무게에 이끌리듯 거구도 앞으로 쓰러졌다. 땅 울리는 소리가 나고 바하두르는 불꽃의 원 한복판에 쓰러졌다.

몇 순간 동안 침묵이 주위를 에워싸고, 소리를 내는 자도 없었다.

다룬은 상반신 전체를 써서 크게 호흡을 하더니, 관람석을 둘러보고 아르슬란에게 깊이 고개를 숙였다. 정적이 깨지고 관람석에서 열광적인 박수와 환호성이 터졌다.

아르슬란도 예외는 아니었다. 자리에서 일어나 손이 아플 정도로 세게 박수를 쳐대며 열심히 다룬의 이름을 외쳐댔다.

"다룬의 승리. 즉 라젠드라의 승리다. 시바, 인드라, 아그니, 바르나…… 모든 신들이시여, 굽어보소서. 신두라의 차기 라자는 라젠드라로 정해졌다."

어스름 속에서 카리칼라 왕이 그렇게 선언하자 그 말은 파도처럼 주위로 전해졌다. 그리고 이내 포효로 바뀌었다.

"라젠드라! 새로운 라자!"

그때였다.

"인정 못해. 누가 인정할 줄 알고!"

가데비가 벌떡 일어나고 있었다. 두 눈이 용암처럼 번뜩이는 빛으로 가득했으며 목소리는 컸지만 갈라져 있었다. 온몸이 바람에 흔들리는 나무처럼 부들부들 떨렸다.

"이런 부당한 결정에 누가 따를 줄 알고. 몇 번이고 말하지. 나는 인정 못한다."

라젠드라도 일어났다. 이쪽은 다른 종류의 흥분에 떨고 있었다.

"가데비, 이 불신자야. 신들의 재판에 이의를 제기하겠다는 거냐."

"신들이 잘못됐어!"

벌 받을 소리를 외쳐대는 가데비의 모습에 신두라 사람들은 아연실색했다. 기이브가 냉소하며 중얼거렸다.

"저 왕자님은 이제야 깨달았나 보지? 신들은 언제나 잘못됐고, 잘못된 결과를 사람들에게 떠넘기는 법이라는 걸."

신두라인들은 일부는 일어나고 일부는 앉은 채 하늘을 우러렀다. 페슈와 마헨드라가 딸의 남편을 지엄하게 나무랐다.

"가데비 전하. 신전결투의 결과에 이의를 제기하다니, 있어서는 안 될 일입니다. 하물며 이는 칙명에 따른 것이 아니었습니까."

"닥쳐라!"

가데비가 외쳤다.

"네놈이 배신했구나. 분명 라젠드라 저 개자식과 뒤에서 거래를 했으렷다. 페슈와 자리가 그렇게 아깝더냐."

"전하, 무슨 말씀이십니까. 라자의 어전입니다."

"시끄럽다. 이제는 네놈을 의지하지 않겠어. 신두라의 왕위는 내 거다!"

가데비의 안광은 무시무시할 정도로 강렬했으나 이미 이성을 잃었다. 부왕을 노려보는 눈에서 선혈이 뿜어져 나오는 것 같았다.

"아바마마, 저에게 왕위를 양보해 주십시오. 이 검에 걸고."

"가데비, 네놈이 정신이 나갔구나!"

라젠드라가 외쳤다. 그 목소리에는 미미하나마 승리를 기뻐하는 기색이 있었다. 중인들의 눈앞에서 가데비가 이성을 잃고 스스로 모반자로 전락하는 것이다.

"얘들아, 라젠드라를 죽여라!"

"아바마마를 지켜라! 가데비를 쳐라!"

결투장을 에워싼 관람석은 금세 무시무시한 혼란과 노성에 에워싸였다.

라자 카리칼라의 주위에서 검과 검이 부딪치며 불꽃을 튕겼다. 두 왕자는 부왕의 신병을 두고 격렬하게 쟁탈

전을 벌였다. 자식으로서 애정이 있어서가 아니라 왕위를 정당화하기 위해서였다.

"전하, 말려들 수는 없으니 이쪽으로 오십시오."

나르사스가 먼저 일어나고, 파랑기스와 기이브가 좌우를 지키며 아르슬란을 혼란의 소용돌이 밖으로 이끌었다. 등 뒤를 바흐만이 지키고 머리 위에서는 아즈라일이 날개를 펼쳤다. 파르스 왕태자 일행은 혼란을 피해 관람석에서 빠져나가려 했다.

이를 신두라 병사들의 무리가 가로막았다. 물론 가데비의 편을 드는 자들이었다.

검과 창이 쇄도했다. 아르슬란의 주위에서 칼날이 번뜩였다. 나르사스가, 기이브가, 파랑기스가 검광을 일으킬 때마다 피보라를 뿌리며 길이 열렸다.

뒤에서도 신두라 병사의 칼날이 다가오고 있었다.

"아르슬란 전하, 피신하십시오!"

말을 마치기도 전에 바흐만은 검을 칼집에서 뽑으며 달려드는 신두라 병사를 피안개 속에 쓰러뜨렸다.

역시 강병을 자랑하는 파르스의 마르즈반다웠다. 예순 살이 넘었어도 오랫동안 단련한 검기는 거의 쇠하지 않았다. 그러나 그가 다시 두 명의 적을 베어 쓰러뜨렸을 때 가데비가 창을 들고 늙은 마르즈반을 향해 비스듬히 집어던졌다.

창은 공기를 가르며 날아가 바흐만의 왼쪽 어깨와 가슴을 잇는 부분에 깊이 박혔다. 바흐만은 짧은 신음 소리를 내며 쓰러졌다.

"바흐만!"

소리를 지르며 달려가려는 아르슬란에게 가데비가 새로운 창을 던지려 했다. 그때 신두라 병사의 무리가 갑자기 무너졌다. 꺼져가던 불꽃의 원을 뛰어넘고 신두라 병사에게서 검을 빼앗은 다륜이 관람석으로 달려온 것이다.

다륜의 검이 바람을 가르고 주위의 적병들을 휩쓸었다.

피안개와 단말마의 비명이 저물어가는 하늘에 솟아나고, 신두라 병사들은 앞을 다투어 다륜의 검으로부터 도망쳤다. 다륜의 호용은 지금 막 뼛속까지 새겨졌다. 일부러 그의 앞을 가로막고 용맹을 경쟁하려는 자는 없었다.

"쇼라 세나니(맹호장군猛虎將軍)!"

공포와 외경이 담긴 외침이 신두라 병사들 사이에서 터졌다. 파르스에서 '마르단후 마르단(전사 중의 전사)'이라 칭송받던 다륜은 외국 병사들에게 새로운 별명을 얻은 셈이다.

실의와 분노에 눈이 먼 가데비가 창을 고쳐들었다. 마헨드라가 두 팔을 벌리고 그 앞을 가로막으며 섰다. 목소리를 높여 제지했으나 가데비는 이미 분별을 잃은 상태였다. 창날이 전진하여 마헨드라의 몸을 꿰뚫은 것은 다음 순간이었다.

파랑기스의 활시위가 높고 맑은 소리를 연주했다. 화살의 궤적이 저무는 하늘을 가르고 날아가 가데비의 오른팔을 꿰뚫었다. 그는 창에서 손을 떼고 왼손으로 화살을 뽑더니 몸을 돌렸다. 파랑기스는 두 번째 화살을 시위에 메겼으나 가데비의 모습은 뒤얽힌 사람들 속으로 사라졌다.

"가데비는 신의 뜻과 칙명을 동시에 저버렸다. 놈을 따르는 자는 대역죄의 공범이 될 것이다. 무기를 버리고 법과 정의를 따라라!"

부왕의 신병을 겨우 확보한 라젠드라가 외쳤다. 이를 계기로 혼란도 가라앉기 시작했다. 가데비의 부하들은 검을 버리고 무릎을 꿇고 카리칼라를 향해 고개를 조아렸다.

마헨드라는 숨이 끊어지기 직전이었다. 사위의 창에 몸이 꿰뚫린 것이다. 즉사하지 않은 것이 신기할 정도로 중상이었다. 열심히 치료하는 자스완트에게 괴로운 호흡 속에서 그가 속삭였다.

"……슬프구나, 자스완트. 나는 가지만 아쉬워할 필요는 없다. 나는 섬길 주군을 그르쳤으며, 사위를 잘못 골랐지. 어리석은 자에게 어울리는 최후를 맞을 뿐이다. 자스완트, 너에게는 아무 보답도 해주지 못했다만……."

말이 끊어지고, 마헨드라는 죽었다.

자스완트는 가장 듣고 싶었던 말을 듣지 못했다. 그는 아버지의 얼굴을 모른다. 어쩌면 마헨드라가 친아버지일지도 모른다는 생각을 한 적도 있었다. 그러나 마헨드라의 죽음으로 그는 영원히 대답을 얻을 수 없게 되었다.

파르스의 마르즈반 바흐만 또한 죽음에 직면했다. 가데비가 던진 창은 그의 내장에까지 깊이 미쳤던 것이다. 다른 점은 둘째 치더라도 창술만큼은 뛰어났던 모양이다.

"……아르슬란 전하, 훌륭한 샤오가 되시옵소서."

그 말만을 입에 담고 바흐만은 피거품을 토하며 의식을 잃었다. 폐에 상처를 입었기 때문이다.

의술에도 조예가 있는 나르사스가 손쓸 방법이 없음을 보고했을 때, 아르슬란은 약간 이성을 잃었다. 그는 두 손으로 늙은 마르즈반의 어깨를 붙잡고 힘을 담아 흔들었다.

"바흐만, 가르쳐주게. 죽기 전에 가르쳐줘. 나는 누구지? 나는 대체 누구란 말인가!"

아르슬란의 측근들은 말없이 시선을 나누었다. 바흐만은 왕자의 눈을 돌아보았으나 입에서는 한마디도 새어나오지 않았다.

아르슬란의 투구가 한순간 번뜩였다. 저무는 해의 마지막 잔조가 반사된 것이다. 이를 비춘 바흐만의 눈동자는 이미 초점을 잃고 있었다.

제 4 장 다시 강을 건너서

I

혼란이 완전히 가라앉지는 않았으나 신두라의 침로는 잡힌 것 같았다.

차기 라자는 라젠드라 왕자. 경쟁자 가데비는 현재 신전결투의 판정에 불복하고 장인 마헨드라를 살해한 중죄인으로 쫓기는 몸이다.

신두라의 수도 우라이유르에 있던 귀족이며 관리들은 하나하나 라젠드라에게 충성을 맹세했다. 또한 가데비에게 붙었던 자들은 수도를 탈출하여 변경으로 달려갔으나, 그들은 앞으로 '반란군'이라 불리게 될 것이다. 현재 신두라 국내에서는 라젠드라야말로 정의였다.

라자 카리칼라 2세는 마음의 충격 때문에 다시 병석에 누웠으며 심지어 급속히 쇠약해지기까지 했다. 어느 날

그는 라젠드라를 병실로 불러 부탁했다.

"가데비를 쫓지 말아주었으면 좋겠구나, 라젠드라."

"마음은 이해합니다, 아바마마. 그러나 놈은 신전결투
의 결과를 무시하고 신들의 판정에도, 아바마마의 의향
에도 불복하였습니다. 게다가 우리나라의 페슈와이자
그놈 자신의 장인이기도 한 마헨드라를 살해했습니다.
저보다도 법과 정의가 가데비를 용서하지 않을 것입니
다."

강하게 말하기는 했지만 라젠드라도 쇠약해진 부왕이
매달리는 눈빛으로 쳐다보니 싸늘하게 내칠 수만은 없
었다. 씁쓸한 표정으로 생각에 잠긴 끝에, 몇 가지를 약
속했다.

우선 가데비에게 자수를 청하겠으며, 그가 자수한다
면 목숨을 빼앗지 않고 어딘가 사원에 맡기겠다. 만일
가데비에게 가담한 지방 호족들도 귀순한다면 죄를 용
서하겠다. 복수보다는 신두라 국내의 재통일에 힘을 쏟
겠다…….

라젠드라의 약속에 카리칼라는 안심한 모양이었다.
수상쩍은 약물을 남용하여 육체는 상하고 회복은 불가
능했으나 죽음의 문턱에서 라자로서의 책무를 다하려
했다. 라젠드라에게 왕위를 물려주겠다는 증서와 함께
가데비에게 자수를 권하는 친서를 작성하고, 공신 마헨

드라의 죽음을 애도하는 추도문을 썼다.

이러한 일이 일단락되자 카리칼라는 혼수상태에 빠졌다. 힘이 다한 모양이었다.

날이 밝기 직전, 신두라 라자 카리칼라 2세는 숨을 거두었다.

외국의 왕이라고는 하지만 카리칼라 2세의 죽음은 아르슬란에게 감명을 주었다.

한때는 수상쩍은 약물에 빠졌으면서도 죽기 직전에는 일국의 왕으로서, 또한 왕자들의 아버지로서 훌륭히 책무를 다했다. 특히 아버지로서 가데비와 라젠드라에게 보인 태도는 훌륭하다고 생각했다. 아르슬란은 자기 자신과 부왕 안드라고라스의 관계를 생각하지 않을 수 없었다.

아버지를 잃은 라젠드라는 어린아이처럼 목을 놓아 울며 슬퍼했다. 시신에 매달려 눈물로 옷섶을 적시고, 앞으로 자신은 누구를 의지해야 좋으냐고 읍소했다.

"거짓 눈물이라고는 하지만 용케도 저렇게까지 울 수 있군."

다륜이 어이없어하자 군사 나르사스가 비아냥거리듯 그 의견을 정정했다.

"아니. 저건 거짓 눈물이 아니야."

"그러면 백마 탄 왕자님은 진심으로 슬퍼한다는 말인가?"

"그것과도 좀 다르지. 저 왕자는 자신이 아버지의 죽음을 슬퍼한다고 진심으로 믿어 의심치 않아. 그러니까 눈물 정도야 얼마든지 흘릴 수 있지."

나르사스는 라젠드라의 특이한 성격을 완전히 간파하고 있었다. 라젠드라는 자기 자신을 속일 정도로 뛰어난 연기자라고.

한편 파르스군도 장례를 치러야만 했다. 마르즈반 바흐만이 죽었기 때문이다. 아르슬란에게 있어 생존이 확실한 마르즈반은 이제 다륜과 키슈바드 두 사람밖에 없었다. 이제는 몇 명의 마르즈반이 망국의 위기를 벗어나 목숨을 건졌을지 아르슬란은 알 방법이 없었다.

바흐만은 죽었어도 그가 이끌던 1만 기는 남았다. 신두라 원정을 나선 파르스군이 얼마나 강하고 얼마나 다부지게 싸웠는지, 격전을 거듭했음에도 파르스군의 전사자는 200명도 되지 않았던 것이다.

"바흐만 장군의 수완은 훌륭하였네. 과연 마르즈반 중의 최고 장로답군."

생전의 바흐만을 결코 좋게 여기지 않았던 나르사스도 솔직하게 그 점을 인정했다.

다만 바흐만이 죽을 곳을 얻었다고는 해도 살아남은

자들에게는 다른 과제가 있다. 바흐만이 이끌던 1만 기병에게는 지휘관이 필요했다. 이에 어울리는 사람은 다륜밖에 없다고 아르슬란은 생각했다.

"다륜 경이라면 저희가 지휘관으로 우러를 만한 분입니다. 고인도 이의가 없을 것입니다. 하물며 왕태자 전하께서 이를 바라신다면 어찌 거부하겠습니까."

바흐만 휘하에 있던 천기장들은 그렇게 말하며 다륜이 자신들의 위에 서는 것을 인정했다.

아르슬란은 라젠드라에게 부탁해 수도 우라이유르에 가까운 언덕을 하나 양도받았다. 그곳을 바흐만 이하 전사한 파르스 장병들의 묘지로 삼았던 것이다. 그들의 시신은 언덕의 서쪽 경사면에 매장되었다. 서쪽은 죽은 자들의 고국 파르스로 가는 방향이었다.

타향이기도 해서 장례식은 간소하게 치러졌으나 왕태자 아르슬란이 직접 임석했다. 장례식을 주관한 것은 카히나로서 자격을 갖춘 파랑기스였다.

장례식을 마치고 다륜은 왕태자 아르슬란에게서 바흐만이 이끌던 1만 기의 지휘를 맡도록 정식으로 명령을 받았다.

"쇼라 세나니, 앞으로도 잘 챙겨주십쇼."

"놀리지 말게, 나르사스."

쓴웃음을 지은 다륜도 이내 표정을 다잡았다.

"하나 바흐만 장군은 결국 백부님의 밀서에 대해 털어놓지 못하고 가버리셨군. 아르슬란 전하의 고민은 어정쩡하게 남고 말았어."

"그래, 어정쩡하게 남고 말았지……."

나르사스조차 명쾌한 해답을 낼 수 없는 문제도 있는 법이다. 아르슬란의 출생에 관한 비밀은 바로 그런 문제였다.

바흐만이 죽음을 원했던 사실을 예측했으면서도 죽기 직전에 고백을 얻지 못했다. 나르사스에게는 씁쓸한 실패였으나 그것도 마음 한구석에 비밀을 파헤치는 데 대한 망설임이 있었기 때문이었다.

신두라 국내를 행군하는 동안 나르사스는 아르슬란의 출생에 대해 기이브의 의견을 물을 기회가 있었다.

"뭐가 됐든 상관없는데, 나는."

나긋나긋한 손길로 바르바트의 현을 뜯더니 자칭 '유랑악사' 기이브는 남색 눈동자에 강렬한 빛을 머금고 노래하듯 자신의 심정을 들려주었다.

"아니, 오히려 그 왕자님이 정통한 핏줄 따위를 잇지 않은 편이 재미있겠지. 나는 아르슬란 전하를 위해 무언가를 해 드리고 싶다고는 생각해도 파르스 왕가에 충성을 맹세할 마음은 없어. 왕가가 나한테 대체 뭘 해줬는데?"

아르슬란 개인은 어떤가 하면, 그는 분명히 기이브를

위해 '무언가' 를 해주었다. 아르슬란의 곁에 있으면 이래저래 재미있는 경험을 할 수 있는 것이다.

'그렇군. 기이브의 마음도 이해가 가.'

나르사스는 생각했다. 자기 자신에게도 그런 기분이 들었던 것이다. 아르슬란이 파르스 왕가의 핏줄을 잇지 않았다 한들 뭐가 문제란 말인가. 안드라고라스 3세가 아르슬란을 왕태자로 정식 책봉한 것은 사실이다.

나르사스는 문득 행방불명된 안드라고라스에 대해 생각해보았다.

안드라고라스 3세는 왕으로서 결점도 많았으나 무능하지도 않고 겁쟁이도 아니었다. 나르사스가 그의 장점으로 인정하는 것 중 미신을 믿지 않는다는 점이 있다.

즉위한 지 얼마 지나지 않아 왕궁 내외의 인사를 개혁했을 때, 안드라고라스 앞에 한 점성술사가 나타났다. 선대인 고타르제스나 오스로에스에게 빌붙어 이따금 금품을 뜯어내던 사내였다. 그는 안드라고라스에게도 이런 식으로 아첨을 떨었다.

"점성술에 따르면 폐하는 그야말로 장수하실 운세이옵니다. 적어도 아흔 살까지는 천수를 누리시겠나이다. 파르스의 백성으로서 참으로 반가운 일이옵니다."

"흐음. 그러면 너 자신은 앞으로 몇 살까지 살 수 있느냐?"

"저는 신들의 가호에 힘입어 백이십 년 동안 천수를 누릴 예정이옵니다."

"허어. 너는 아직 젊어 보인다만 이미 백이십 살이나 살았단 말이냐. 사람은 겉보기로만은 알 수 없는 법이로군."

그렇게 비웃더니 안드라고라스는 느닷없이 대검을 뽑아 점성술사의 목을 쳐버렸다.

"역시 강직한 샤오답군. 수상쩍은 점성술사 따위 상대도 하지 않으셔."

사람들은 칭송했다. 선선대 고타르제스 2세, 선대 오스로에스 5세 등 파르스의 샤오는 2대에 걸쳐 미신에 심취한 사람들이었다. 마도사니 점성술사니 예언자 같은 자들이 궁정에 드나들어 뜻 있는 자들은 눈살을 찌푸렸던 것이다. 이를 강직한 안드라고라스가 말 그대로 일도양단하여 바로잡아 버렸다.

안드라고라스가 즉위한 후 왕궁에서는 그러한 자들이 일소되었다. 그렇기 때문에 마도사나 예언자 중에서 안드라고라스를 증오하는 자들도 많았으나 안드라고라스는 태연했다.

그러한 강인함이 아르슬란에게 있을까? 그것은 앞으로 몇 번씩 시련을 거치며 밝혀질 것이다.

"가데비 이놈. 하늘 저편으로 날아갔는지, 땅속 밑바닥으로 꺼졌는지. 아무리 발버둥 쳐도 놈을 찾아내 처단하지 않고서는 안심할 수 없다."

죽은 부왕의 국장 준비를 추진하면서도 라젠드라는 가데비를 추적하고 있었다.

부왕과 약속은 했지만 이를 곧이곧대로 지킬 마음은 없었다. 그는 수도 우라이유르를 손에 넣었으나 지방에는 여전히 가데비의 편을 드는 호족들이 적잖이 존재한다. 가데비가 그들에게 도망치면 형세는 다시 역전될지도 모르는 노릇이다. 추적의 손길을 늦출 수는 없었다.

가데비를 완전히 없앤다. 라젠드라 자신이 라자로 즉위한다. 그에게 거역하는 강대한 호족들을 정벌한다. 사방의 국경을 안정시킨다. 신속히 대관식을 거행하고 왕비를 맞이하는 것은 그 다음 일이었다. 아무리 봐도 2, 3년은 걸릴 것이다. 그러는 동안 억지 원군인 파르스인들을 계속 놔둘 수도 없었다.

온갖 고민이 있었다. 교활한 라젠드라도 밝은 미래의 전망을 낙관할 수만은 없는 노릇이었다.

한편 미래의 전망 따위 전혀 없는 인물도 있었다.

마헨드라의 일족이었던 자스완트는 가데비의 일당으로 사로잡혔으나 아르슬란의 주선으로 석방되었다. 형식적인 감사를 올리는 그를 파르스의 왕태자는 걱정스러운 눈으로 쳐다보았다.

"자스완트. 앞으로 어떻게 할 생각인가."

"모르겠습니다. 어떻게 할지."

자스완트가 섬겨야 할 가데비 왕자는 자멸한 것이나 마찬가지였다. 친아버지가 아닐까 생각했던 마헨드라는 그런 가데비에게 살해당했다. 카리칼라도 죽었다. 유일하게 살아남아 승자가 된 라젠드라를 섬길 마음은 들지 않았다. 라젠드라 쪽도 마헨드라의 첩자로 자신의 군에 잠입했던 자스완트를 부하로 삼을 생각은 없었다. 자스완트는 신두라 국내에 몸 둘 곳이 사라지고 말았다.

"그러면 자스완트. 나를 따라 파르스로 오지 않겠나?"

아르슬란의 말에 자스완트는 놀라 금방 반응하지 못했다. 동요하는 그의 얼굴을 쳐다보며 아르슬란이 말을 이었다.

"나도 내가 누구의 자식인지 모르네. 아바마마와 어바마마의 자식이라고 생각했지만 아무래도 그렇지 않은 모양이야. 어쩌면 나는 파르스의 왕자 같은 높은 신분이 아닐지도 모르네."

자스완트는 어안이 벙벙해 아르슬란의 말에 귀를 기울였다.

"그러니 나는 다륜이나 나르사스나 다른 자들의 힘을 빌려서 파르스를 되찾은 다음, 나 자신이 누구인지를 확인해야만 할 걸세. 자스완트가 괜찮다면 나와 함께 와 주었으면 하네."

하지만 분명 고생을 시킬 테고, 그러니 억지로 오라고 는 할 수 없지만 생각해 줄 수 없겠느냐며 아르슬란은 진지하기 그지없는 표정으로 말했다.

"지금 당장 대답을 드리기는 어렵습니다. 우유부단하 다고 생각하시겠지만, 마음을 정리하지 못해서……."

"응. 천천히 생각해주게."

아르슬란은 자리를 떴으나, 그때 보여준 미소가 자스완트의 인상에 남았다.

아르슬란에게는 한 가지 버릇이 있는데, 누군가를 휘하에 초빙할 때는 고압적으로 명령하지 않고 대등한 입장에서 부탁이나 권유를 한다. 이를 의식하지 않고 지극히 자연스럽게 행하는 점은 분명 아르슬란의 장점이었다. 과거 나르사스가 히르메스에게 확언했듯.

파르스군은 당장이라도 귀국할 수 있도록 채비를 갖춰 두었다.

원래 외국에 오래 머물 생각은 없었다. 라젠드라가 쓸데없는 마음을 품게 만들 필요도 없는 노릇이었다. 파르스군의 목적은 거의 달성되었으며, 물론 파르스 국내의 사정도 신경이 쓰였다.

"이 정도로 형세가 자리를 잡았으면 굳이 가데비의 죽

음을 보지 않고 우리가 파르스로 귀국하더라도 별 문제는 없을 겁니다. 전하께서 명령만 하시면 언제든 출발할 수 있습니다."

그렇게는 말했지만 나르사스도 사실은 동방국경을 조금 더 안정시켜두고 싶었다. 그는 절친한 벗 다륜에게 다음과 같이 말했다.

"가데비가 완전히 파멸한다면 라젠드라는 감추어 두었던 이빨을 드러낼 걸세. 사실은 그걸 기다리고 있는데, 과연 어떻게 될지……."

페슈와 마헨드라의 딸 살리마. 그녀는 가데비의 아내이며, 남편이 라자가 되었다면 당연히 왕비가 될 몸이었다. 그러나 운은 그녀의 머리 위를 뛰어넘어 지나가버리고 말았다. 현재 그녀는 왕궁 내의 자기 방에서 연금 상태였다. 라젠드라도 과거 그녀에게 구혼을 했던 몸인 데다 여인을 학대하여 인기를 떨어뜨릴 마음은 없었다. 따라서 살리마는 연금되었다고는 하지만 생활에는 별로 불편함이 없었다.

사실 라젠드라에게는, 살리마가 가데비와 몰래 연락을 취하면 그 뒤를 밟아 가데비가 숨은 곳을 알아낼 수 있다는 의도가 있었던 것이다.

따라서 살리마에게는 몰래 감시의 눈이 따라다녔지만, 닷새 동안 그녀는 아무 데로도 가려 하지 않고 자신의 방에만 틀어박혔다. 단 한 곳의 예외를 제외하면.

그녀의 방 근처에 조그만 탑이 있었다. 그곳은 그녀가 선조들의 영에 예배를 올리는 장소였다. 그러므로 그녀는 하루에 한 번 그곳을 찾아가, 아무도 다가오지 못하게 한 채 혼자 예배 시간을 보내곤 했다.

라젠드라도 일단은 탑 내부와 천장을 수색해보라고 명령했지만 아무 것도 발견되지 않았으므로 경비병도 배치하지 않았다.

그러나 사실 가데비는 탑 안에 커다란 광주리를 매달고 그 안에 숨어 있었다. 탑 상부는 들보가 복잡하게 얽혀 밑에서는 보이지 않는다. 음식은 살리마가 가져다주었는데, 어느 날 그녀는 남편에게 건네줄 사탕수수 술에 수면제를 섞었다.

가데비가 잠든 것을 확인한 살리마는 시녀에게 무언가를 명령했다. 시녀는 밖으로 나가 라젠드라의 부하 쿤타바 장군을 데리고 왔다.

눈을 떴을 때 가데비는 광주리에서 끌려나와 두 팔을 뒤로 한 채 엄중히 묶여 있었다. 아무리 창술의 명수라 해도 이래서는 손쓸 도리가 없었다. 아내를 향해 고함을 지르는 것 외에는.

"살리마! 이게 대체 어떻게 된 거냐?!"

"보시는 그대로지요. 당신은 천상의 신들에게도 버림받고 지상의 인간들에게도 버림받은 가엾은 몸. 따라서 광주리에 매달아놓는 것이 어울린다고 생각했지만, 결국 지상에 떨어져 인간에게 심판을 받을 몸이 되고 만 거예요."

살리마의 목소리에는 싸늘하기 그지없는 울림이 묻어나왔다. 가데비는 발을 구르며 아내를 욕했다.

"아내인 주제에 감히 남편을 배신하다니. 부끄러운 줄 알아야지, 이 창녀 같은 것!"

"나는 남편을 배신한 것이 아니라 아버지의 원수를 갚은 거예요."

가데비는 크게 입을 벌렸으나 거기서는 더 이상 아무 말도 나오지 않았다. 그는 입술을 깨물고 흙빛 얼굴로 연행되었다.

패자가 승자 앞에 끌려나왔을 때 아르슬란도 동석했다. 라젠드라가 그를 초청했다.

이복형제가 가증스러울 텐데도 가데비는 웃음을 지었다. 이렇게 뻣뻣하고 추한 웃음을 아르슬란은 본 적이 없었다. 원래 가데비는 어엿한 귀공자이며 그에 어울리는 용모의 소유자였다. 그런 만큼 비굴하기 그지없는 모습으로 목숨을 구걸하기 시작하니 더욱 비참해 보였다.

"라젠드라, 너와 나는 피를 나눈 형제가 아니더냐. 운명의 장난으로 왕위를 놓고 다투게 되었다만, 이제는 승부가 났지. 네가 이겼다."

"호오. 인정해주신다는 말씀인가?"

한껏 비웃음을 담아 라젠드라는 입술을 일그러뜨렸지만, 가데비는 모르는 척 말을 이었다.

"나는 네 부하가 되마. 너에게 충성을 맹세하고 너를 위해 외적을 물리치겠다. 그러니 날 살려두는 게 어떻겠느냐."

라젠드라는 짐짓 큰 한숨을 쉬었다. 흘끔 아르슬란을 곁눈질한 다음 무겁게 입을 열었다.

"가데비, 우리 형제는 목숨과 나라를 걸고 다투었지. 패하면 어떻게 될지는 피차 잘 알고 있었을 텐데. 패배한 이상 깔끔하게 죽어다오. 괴로움이 없도록 조치할 테니, 한심하게 목숨을 구걸하지는 말고."

"라, 라젠드라……!"

"우리는 불행한 형제였지. 차라리 남이었다면 피차 조금 더 사이좋게 지낼 수 있었을지도 모르는 것을."

라젠드라의 눈에는 웬일로 심각한 그늘이 있었다. 그러나 그것도 한순간이었을 뿐, 뻔뻔할 정도로 활달한 표정을 지으며 내뱉었다.

"너에게는 인생 최후의 밤이니, 한껏 즐겨봐라. 술과

요리를 가져다주마."

충분히 술에 취해 정신을 잃었을 무렵 고통 없이 죽이는 것이 신두라에서 왕족을 처형하는 방식이었다.

가데비의 포승이 풀리고 그의 앞에 술과 요리와 과일이 놓였다. 주위에는 병사며 처형관이 벽을 이루고 있었지만 가데비의 양옆에서는 네 명의 궁녀가 술을 따르고 시중을 들어주었다.

가데비는 핏발 선 눈으로 주위를 둘러보았으나, 갑자기 아르슬란을 노려보더니 궁녀의 손에서 술병을 빼앗았다.

"파르스의 애송이! 네놈이 쓸데없는 짓을 해서 이렇게 된 거다. 혼 좀 나봐라!"

노성과 흉기가 번뜩인 것은 거의 동시였다.

가데비는 술병을 지면에 던져 깨뜨리더니 그 가늘고 긴 파편을 들어 아르슬란의 목덜미를 향해 집어던진 것이다.

궁녀들이 찢어지는 비명을 질렀다.

아르슬란은 창졸간에 스스로 자신의 목숨을 구했다. 뼈가 붙은 고깃덩어리를 집어 목 앞에 내밀었던 것이다. 파편은 그 고기에 깊이 박혔다.

아즈라일이 홰를 쳤다. 다음 순간 아즈라일의 부리는 정확하게 가데비의 오른쪽 안구를 터뜨리고 있었다.

절규를 지르며 가데비는 피투성이가 된 얼굴을 붙들었다. 친구를 위해 호된 보복을 완수한 아즈라일은 허공에 호를 그리며 아르슬란의 어깨로 다시 돌아갔다.

"이렇게까지 미련스러운 놈일 줄은 솔직히 몰랐구나. 가데비, 네놈은 내가 아바마마께 아뢴 대로 절대 왕이 될 자격이 없는 놈이었다. 저 세상에 가서 아바마마께 성품을 고쳐달라고 하거라."

라젠드라의 신호를 받고 처형관 세 사람이 앞으로 나왔다. 한 사람이 참수용 도끼를 손에 들고 있었다. 다른 두 사람이 격통과 분노에 발버둥 치는 가데비의 몸을 좌우에서 붙잡아 바닥에 억눌렀다.

아르슬란은 보고 싶지 않았다. 그러나 그는 신두라의 역사에 관여했다. 그 결과에서 눈을 돌릴 수는 없었다.

도끼가 올라가고, 떨어졌다.

단말마의 비명은 지극히 짧았다.

Ⅱ

가데비의 처형이 끝나자 한쪽 눈과 몸통을 잃은 머리는 성문 옆에 효수되었다. 왕위를 찬탈하고자 했으며 장인을 살해한 극악인으로서. 일국의 왕자로서 태어난 몸이, 참으로 비참한 최후라고 할 수밖에 없었다.

"나 원. 이제야 결판이 났군. 하지만 저렇게까지 발버둥을 치고 설치다 가면 역시 뒷맛이 안 좋은걸. 자기 자신의 명예를 위해 깔끔하게 죽어줬더라면 좋았을 텐데."

라젠드라조차 그렇게 말할 정도였으니 아르슬란 또한 매우 씁쓸한 뒷맛을 곱씹고 있었다. 자신이 틀렸다고는 생각하지 않지만 그것과는 달리 가슴속에 응어리진 불쾌감은 어쩔 도리가 없었다. 가데비의 피투성이 얼굴을 한동안은 잊어버리지 못할 것 같았다.

"한데 아르슬란 왕자. 덕분에 신두라 국내는 일단 안정을 찾았네. 앞으로는 어떻게 하실 생각인가?"

"물론 파르스로 돌아갈 것입니다."

가데비가 죽어 라젠드라는 아마 신두라의 주권자 지위를 손에 넣을 것이다. 이로써 라젠드라에게 국경을 침범하지 않겠다는 약속만 받아내면 나르사스의 책략대로 후방은 안정된다. 드디어 왕도 탈환에 나설 수 있게 된 것이다.

"파르스로 돌아가 루시타니아 놈들을 몰아내시겠다?"

"그렇습니다."

라젠드라는 두 눈을 가늘게 뜨고 아르슬란의 얼굴을 들여다보았다.

"그래서 솔직히 말해 파르스의 정세는 어떤가. 침략자들을 몰아낼 승산은 있나?"

"그건 저 같은 자보다도 나르사스가 자세히 알 겁니다. 그를 불러다 설명을 드릴까요?"

"아, 아닐세. 그럴 필요는 없네."

라젠드라는 황급히 고개를 가로저었다. 그는 다륜도 어려워했지만 나르사스도 마찬가지였다. 솔직히 둘 다 아르슬란에게는 과분한 가신이라고 생각했다.

반대로 말하자면 이러한 가신들이 없고 아르슬란 혼자만 있다면 다루기 쉽다는 근거 없는 믿음도 있었다. 말을 몇 마디 더 나누는 사이에 기세등등해진 그는 이런 말을 꺼냈다.

"내가 루시타니아의 군사였다면 튀르크, 투란 양국에 사자를 보내 파르스 동방국경을 침략하도록 부추길 텐데. 그리고는 배후에서 아르슬란 왕태자군을 습격하게 할 걸세."

"나르사스도 그렇게 말하더군요."

"호오! 그러면 나도 그대의 군사 정도는 될 수 있을지 모르겠군."

"그러나 나르사스는 이에 대항할 수단을 일곱 종류 가지고 있다고 합니다. 그러니 걱정할 것 없다고."

"일곱 종류라니, 그게 무엇인가?"

라젠드라는 자신도 모르게 몸을 내밀며 물었지만 아르슬란은 슬쩍 웃음을 지었을 뿐이었다.

"비밀 중의 비밀이라 저에게도 알려주지 않았습니다."

이 말은 사실이었다. 만약 정말 알았다면 라젠드라의 질문을 얼버무릴 수 있었을지 어떨지.

라젠드라는 다시 끈덕지게 캐물으려 했으나 효과가 없었으므로 화제를 바꾸었다. 아르슬란과 파르스군에게 줄 사례에 대해서였다. 어쨌거나 아르슬란 일행이 없었다면 이렇게 단기간에 경쟁상대 가데비를 없애지는 못했을 것이다. 게다가 이 이상 신두라 국내에 남겨두어도 곤란하다. 선물을 안겨주어 냉큼 돌려보내고 싶었다.

"영토만은 양도할 수 없네만 다른 것이라면 무엇이든 내어줌세. 보물이든 병량이든. 아니지. 혹시 신두라 미녀가 좋겠나?"

"그러면 말씀을 고맙게 받아들여, 정예 기병 오백 기를 빌려주실 수 있겠습니까? 그 정도만 빌려주시면 충분합니다, 라젠드라 왕자."

"뭐야, 오백 기?"

라젠드라의 검디검은 눈동자에 한순간 빛이 스치고 지나간 것 같았다. 그러나 금세 활달한 웃음이 이를 지워버렸다.

"섭섭한 소리 마시게, 아르슬란 왕자. 자네하고 나는 피를 나눈 형제는 아닐지언정 생사를 함께 한 맹우가 아닌가. 자네가 나라를 되찾는다는데 겨우 오백 기만 빌

려준다니, 사나이로서 그럴 수는 없지. 삼천 기를 빌려
주겠네."

"고마운 말씀이오나 라젠드라 님은 앞으로 국가를 완
전히 통일하셔야 하지 않습니까. 병사 한 명도 아까우
실 텐데요."

아르슬란은 사양했으나 라젠드라는 쿤타바 장군에게
삼천 기의 정예를 붙여 반쯤 떠넘기다시피 아르슬란에
게 빌려주었다.

아르슬란이 군대를 이끌고 파르스로 가는 길에 오른
후, 라젠드라는 활달하게 콧노래를 불렀으나 나이 든 신
하 중 하나가 무언가 결심한 것처럼 그의 앞으로 나왔다.

"라젠드라 님, 간곡히 드릴 말씀이 있나이다."

"어라라. 간언인가?"

턱을 쓰다듬으며 라젠드라는 눈을 내리깔고 부하를 바
라보았다. 의자에 앉은 채 다리를 꼬고, 바구니 안에서
파파야 열매를 집어 껍질째 깨물어 먹었다.

"뭐, 됐다. 말해봐라."

"아르슬란 왕자 일행의 도움에 우리가 은혜를 입은 것
은 사실이옵니다. 하나 앞으로 신두라 국내를 평정하는
데 삼천이나 되는 기병을 나누어 주셔서는 우리 자신이
약해지지 않겠나이까? 아르슬란 왕자가 오백으로 족하다
하였으니 그만큼만 빌려주셨으면 충분하지 않았는지요."

"그거야 당연하지."

"하오면······."

라젠드라는 파파야 열매를 든 채 웃음을 터뜨렸다.

"어허, 이봐. 자네는 내 본심을 모르겠어? 나는 파르스군 내부에 불씨를 숨겨놓은 거라고."

"예? 그 말씀은······."

"그래. 삼천 기의 정예가 느닷없이 밤중에 파르스 진영에 불을 지르고 날뛰는 거지. 동시에 외부에서는 나 자신이 병사를 이끌고 공격하고. 아무리 파르스군이 강하다 한들 이거라면 이길 수 있어."

늙은 신하는 아연실색 젊은 주군을 바라보았다.

"그, 그건 지나치게 무도한 처사가 아니옵니까, 라젠드라 전하. 그들은 전하를 위해 가데비 왕자를 쓰러뜨리는 데 힘을 보태 주었사옵니다."

"나를 위해서는 무슨. 놈들 자신을 위해서지."

라젠드라는 파파야 과즙에 젖은 입술을 닦았다. 그리고 반동을 주어 의자에서 벌떡 일어나더니 갑주를 가지고 들어오도록 근위시종에게 명령했다. 멍하니 쳐다보는 신하에게 씨익 웃음을 지어주었다.

"이제부터 전군을 이끌고 파르스군의 배후로 접근한다. 적어도 구 바다흐샨 공국의 토지는 내 것으로 만들겠어."

"……하오면, 아르슬란 왕자를 살해하실 것입니까?"

"멍청한 소리. 내가 그렇게 무자비한 악당인 줄 알아?"

진지하기 그지없는 어조로 라젠드라는 그렇게 말했다.

"아르슬란을 인질로 잡아서 구 바다흐샨 공국령을 뜯어내면 그 꼬맹이는 풀어주겠어. 애초에 난 그 어수룩한 꼬마를 좋아하는걸. 이렇게 신랄한 책략을 꾸미는 것도 그 꼬마가 한 나라의 왕으로서 크게 성장해주었으면 해서야."

뻔뻔한 소리지만 라젠드라 본인은 스스로 한 말을 진심으로 믿었다. 황금 갑주를 걸치고 백마에 온갖 보석으로 치장한 안장을 얹으며 라젠드라는 생각했다. 가엾은 아르슬란을 어떻게 위로해줄지를.

III

파르스군은 신두라에서 고국을 향해 개선길에 올랐다. 아르슬란은 페샤와르 성새로 돌아가면 장병들에게 은상을 주기로 약속했다. 그렇지 않아도 살아서 고국으로 돌아갈 수 있는 그들은 화기애애했다.

"에휴. 맵기만 하던 신두라 요리와 인연을 끊을 수 있어서 고마울 지경이군. 앞으로 열흘만 더 그런 요리를 먹었다면 혀가 이상해질 뻔했어."

기이브가 투덜거리자 나르사스가 쓴웃음을 지으며 고개를 끄덕였다. 향신료가 잔뜩 들어간 신두라 요리에 파르스인들은 입을 다물어버렸던 것이다. 무엇인지도 모르고 양의 뇌를 삶은 고추투성이의 새빨간 카레 요리를 먹은 다음 아르슬란과 엘람은 한동안 식욕을 잃었다. 대담한 다륜조차 두 번은 먹으려 하지 않았으며, 태연하게 먹어치운 사람은 파랑기스뿐이었다.

"딱히 좋아했던 것은 아니지만, 그건 그것대로 독특한 풍미가 있어 괜찮았지."

신두라 요리에 대한 파랑기스의 감상이었다.

1만 파르스군과 쿤타바 장군이 이끄는 3천 신두라군이 처음으로 야영을 한 날 밤이었다. 한밤중에 느닷없이 불길이 치솟더니 큰 소동이 벌어졌다.

2만의 병력을 이끌고 몰래 파르스군의 뒤를 밟았던 라젠드라는 쿤타바 장군이 명령대로 파르스군 내부에서 소동을 일으켰다고 생각했다. 그는 뛸 듯이 기뻐하며 2만 부하에게 명령했다.

"좋아. 돌입해서 아르슬란을 사로잡아라!"

백마에 앉은 라젠드라를 선두로 신두라군은 함성을 지르며 파르스 진영으로 돌입했다.

안과 밖에서 동시에 이루어진 공격이었다. 파르스군은 대혼란에 빠져야 했다. 그런데 돌입한 장소는 텅 비었으며, 산더미처럼 쌓인 장작이 요란하게 불타고 있을 뿐이었다.

"뭐, 뭐야. 이게 대체 어떻게 된 일……."

그때 라젠드라의 안장머리에 털썩 무거운 소리를 내며 무언가가 떨어졌다.

"응……?"

눈살을 찡그리며 라젠드라가 한손을 내밀어보니 손바닥에 인간의 머리카락 감촉이 전해졌다. 구름이 갈라졌는지 푸른 달빛이 쏟아졌다.

안장머리에서 쿤타바 장군의 머리가 원망 어린 얼굴로 젊은 주군을 노려보고 있었다.

사람을 사람으로 여기지 않던 라젠드라도 깜짝 놀라지 않을 수 없었다. 반사적으로 장군의 머리를 쳐 떨어뜨렸을 때 그의 곁에서 느닷없이 밤공기가 흔들렸다. 갑주와 검이 울리는 소리가 위압적으로 솟아났다.

"신두라의 교활한 왕자여, 너의 간계는 이미 탄로 났다. 아르슬란 전하의 자비에 매달려 하다못해 목숨이라도 부지해 보거라."

밤 그 자체가 용맹한 전사가 되어 라젠드라의 앞을 가로막고 선 것 같았다. 흑의흑마의 젊은 파르스 마르즈반이 밤바람에 망토를 나부끼고 있었다. 오른손의 장검은 이미 피냄새를 풍겼다.

라젠드라는 온몸의 털이 곤두서는 기분이었다. 공포도 공포지만 자신의 책략이 실패로 돌아갔다는 데에 큰 패배감을 느꼈던 것이다.

"마, 막아라!"

부하들에게 비명 섞인 명령을 내리고 라젠드라는 말을 몰아 정신없이 도망쳤다. 그의 부하들은 주군을 지키기 위해 다륜의 앞에 검의 숲을 만들며 가로막았다. 그러나 거의 한순간이었다. 앞을 가로막는 자가 없는 피로 물든 대지를 박차고 다륜의 시커먼 그림자가 쫓아왔다.

"신두라의 교활한 왕자여, 아직도 발버둥을 칠 생각이냐. 그런 꼴로 감히 가데비를 비웃었느냐?!"

다륜의 고함에 한마디 되받아쳐 줄 여유도 없이 라젠드라는 열심히 도망쳤다. 밤에도 눈에 뜨이는 백마를 탄 것을 처음으로 후회했으나 이제 와서 다른 말로 갈아탈 수도 없었다. 그대로 도망치는 사이에 수십 기의 파르스 병사가 길로 뛰어들어 그의 앞길을 가로막고 섰다.

"나르사스 군사는 이미 다 내다봤다고. 좀스러운 책사는 자기 책략에 걸려드는 법이지. 분수를 알고 신두라에서만 똑똑한 척하지 그랬어."

냉소와 동시에 검을 내지른 자는 기이브였다. 라젠드라의 바로 오른쪽을 지키고 있던 기병이 단칼에 베여 떨어져나갔다.

그 틈에 라젠드라는 다시 기수를 돌려 도망쳤다. 수백 걸음도 달리지 못했을 때 다시 그의 전방을 파르스인이 가로막고 섰다. 말발굽 소리에 아름다운 목소리가 이어졌다.

"라젠드라 전하. 어디로 가시는지요."

"파랑기스 아닌가. 그곳에서 비켜주게. 그대처럼 아름다운 여성을 다치게 하는 것은 내 뜻이 아닐세."

"고마우신 말씀이오나 아르슬란 왕태자님의 신하로서 라젠드라 전하를 이곳에서 놓칠 수는 없는 바. 동행해 주시기 바랍니다."

다륜이나 기이브에 비하면 파랑기스가 상대하기 쉬울 것 같았다. 파랑기스의 검술이 얼마나 뛰어난지는 충분히 알고 있었을 텐데도 역시 여자라 얕보았던 것이다.

라젠드라는 아름다운 파르스의 카히나를 향해 백마를 돌진시켰다.

밤 그 자체를 양단할 기세로 라젠드라의 검이 날아들었다. 쉽게는 받아낼 수 없을 터였다. 파랑기스는 받아내지 않았다. 흘려냈던 것이다. 그녀는 절묘한 각도로 검을 내질렀고, 라젠드라의 참격은 조그만 폭포처럼 불꽃을 뿌리면서 그녀의 몸 옆으로 지나가 버렸다.

균형을 잃은 라젠드라가 겨우 자세를 추슬렀을 때, 그의 좌우에는 두 명의 강적이 달라붙어 있었다. 그는 포로가 되었다.

"라젠드라 왕자. 이런 모습으로 당신과 재회하고 싶지는 않았습니다."

"나도 동감일세, 아르슬란 왕자."

라젠드라는 진심으로 찬성했다. 이 반대의 형태였다면 그가 바라는 바였을 테지만. 신두라의 차기 라자는 기이브에게 가죽끈으로 꽁꽁 묶여 아르슬란 앞에 끌려나왔다.

왕태자의 곁에는 나르사스가 있었다.

라젠드라를 포로로 잡았다는 보고를 받았을 때, 아르슬란은 어떻게 대처할지를 젊은 군사에게 의논했다.

"나르사스, 나는 아무래도 그분을 미워할 수가 없네. 죽일 마음이 들지 않아. 나의 생각이 너무 무른 걸까?"

아르슬란이 말하자 나르사스는 유쾌한 듯 웃었다.

"아닙니다, 전하. 무르다는 표현은 죽여야 할 자를 죽이지 않았을 때 쓰는 말입니다. 이번에는 전하께서 원하시는 대로 하십시오."

"그러면 그분을 살려서 돌려보내도 되겠지?"

"물론 좋고말고요. 다만 혼이 나도 금방 잊어버리는 분이므로 조금 따끔하게 못을 박아두는 편이 좋을 겁니다. 다소 짓궂은 연극을 할 터이니 전하께선 처음에는 잠자코 구경만 하십시오."

이리하여 나르사스와 라젠드라 사이에서 대화가 이루어지고 아르슬란은 이를 구경하기로 했다.

"아무래도 수도는 당신에게 불편한 모양이군요. 좋습니다. 라젠드라 전하는 전부터 파르스의 풍토에 관심이 있으셨던 것 같은데, 이참에 저희 군의 빈객이 되셔서 우리나라의 명소를 돌아보심이 어떠신지요. 2년 정도 지나면 볼 곳도 없어질 테니 그 후에 천천히 귀국하시면 될 줄로 압니다."

"그, 그건 곤란하네."

라젠드라가 당황했다.

"신두라는 막 라자를 잃었고, 지방에는 아직도 가데비의 편을 들었던 토호들이 많이 남아 있어. 내가 사라지면 아무 것도 안 되네. 몸값을 지불할 터이니 나를 풀어주게."

"뭐, 걱정하실 것 없습니다. 이제부터 튀르크에 사자를 보내 도움을 청하지요."

"튀르크에?!"

라젠드라가 눈을 크게 떴다.

"그렇습니다. 우리 파르스군은 앞으로 루시타니아인들을 몰아내기 위해 전력을 다할 겁니다. 신두라를 신경 쓸 때가 아니지요. 반면 튀르크 국왕은 의리가 있는 분이라 들었습니다. 기꺼이 대군을 파견하여 신두라를 평정해주실 겁니다."

나르사스는 목소리와 표정에 기품 있는 악의를 담아 상대의 반응을 기다렸다. 라젠드라는 헐떡거렸다.

"그, 그런 짓을 했다간 신두라는 튀르크에게 먹혀버리고 말지 않겠는가. 튀르크 왕이 의리 있는 자라니, 그런 말은 들어본 적도 없네."

"이런. 자신을 기준으로 매사를 생각하셔서는 안 되지요. 선량한 라젠드라 전하."

차기 신두라 라자의 얼굴에 싸늘한 땀방울이 몇 줄기나 흘러내렸다.

"아르슬란 왕자, 내가 사과하겠네. 정말로 내가 생각이 짧았네. 부디 나를 이 이상 괴롭히지 말아주게나."

꽁꽁 묶인 채 라젠드라는 열 살이나 어린 소년에게 고개를 숙였다.

"그러면 이번에야말로 맹약을 지켜주시겠습니까, 라젠드라 왕자?"

"지키겠네, 지키겠네, 지키겠어!"

"그러면 이 서약서에 서명을 해 주십시오. 그리하시면 몸 성히 보내드리도록 하겠습니다."

라젠드라 앞에 내민 종이에는 세 가지 조항이 있었다.

향후 3년 동안 서로 국경을 침범하지 않을 것. 이번 파르스군의 협조에 신두라 금화 5만 닢의 사례비를 지불할 것. 그리고 신두라 력의 연호를 2년 줄일 것. 이상이었다. 세 번째 조항을 보고 라젠드라가 한순간 진심으로 처량한 표정을 지었다. 아르슬란은 키득 웃더니 중얼거렸다.

"뭐, 이건 관두지요."

그리고 직접 펜을 들어 그 조항을 지웠다.

가죽끈에서 풀려난 라젠드라는 서둘러 서명을 하더니, 연회 초청도 거절하고 수도 우라이유르로 돌아갔다. 나르사스가 이미 튀르크에 사자를 보냈을지도 모른다고 생각했으리라. 뿔뿔이 흩어진 군대는 돌아가면서 모을 작정인 것 같았다.

황급한 라젠드라의 뒷모습을 지켜보고 아르슬란은 젊은 군사에게 물었다.

"나르사스, 한 가지 물어도 되겠나?"

"물론입니다, 전하."

"라젠드라 왕자와 불가침조약을 맺는데 왜 3년이라는 기한을 정해두었나? 기왕이면 50년이나 100년으로 해두면 좋았을 것을."

젊은 군사는 웃으며 설명했다.

"그건 라젠드라 왕자의 인물 됨됨이를 생각해서였지요.

그분은 어째서인지 미워할 수 없는 분이지만, 욕심도 많거니와 방심도 할 수 없는 사람인 것도 사실. 이런 분께 영원한 우의나 화평을 제시해봤자 소용이 없습니다."

지당한 말이라는 양 다륜이 크게 주억거렸다.

"그러나 2, 3년이라는 기간을 정해두면 의외로 이런 사람도 약속을 지키려 하는 법이거든요. 그렇다기보다는 3년이 최대한일 겁니다."

"3년만 지나면 참을 수 없게 된다는 뜻인가?"

"그렇습니다. 라젠드라 왕자는 지금 바쁘게 계산하고 있을 겁니다. 어떻게든 3년 이내에 신두라 전국을 평정한 다음 파르스를 집적거리고 싶을 테지요. 어디 보자. 2년에서 2년 반 후가 위험하겠군요."

"그때까지 나는 루시타니아를 몰아내고 왕도를 탈환해야만 하겠군."

"그렇습니다."

나르사스가 가볍게 고개를 숙였을 때 엘람이 말을 타고 다가와 보고했다. 파르스군의 뒤를 몰래 따라오는 그림자 1기가 있다는 이야기였다.

파랑기스가 20기 정도를 대동하고 말을 몰아 다녀왔다. 그녀는 금방 돌아왔으나, 따르던 기병이 1기 늘어난 것을 엘람이 눈치 빠르게 알아차렸다. 파랑기스가 어깨 너머로 돌아보고 무언가를 말하자 갈색 피부의 신두라

젊은이가 말에서 내려 다가왔다. 아르슬란의 목소리가 밝아졌다.

"자스완트, 와주었군."

신두라 젊은이는 지면에 두 손을 짚고 말 위의 아르슬란을 올려다보며, 파르스어를 연습하듯 큰 목소리를 냈다.

"나는 신두라인입니다. 파르스의 왕태자 전하를 섬길 수는 없습니다. 만일 앞으로 파르스와 신두라가 싸우게 된다면 고국으로 돌아가 파르스와 싸우겠습니다."

단숨에 그렇게 말했다.

"그러나 아르슬란 전하는 세 번이나 내 목숨을 살려주었습니다. 그 빚을 갚을 때까지 전하와 함께 있겠습니다."

아르슬란의 왼쪽에 있던 기이브가 안장 위에서 쓴웃음을 지었다.

"일일이 도리를 따지는 자로군. 고분고분 따라오면 되지, 부담스러워 어깨 결리겠네."

"일일이 도리를 따지지 않는 자보다는 훨씬 낫지 않겠나."

파랑기스가 대꾸하는 동안 아르슬란은 말에서 내려와 자스완트의 손을 잡고 일으켜 주었다.

"잘 와주었네, 자스완트. 걱정하지 않아도 좋아. 신두라와는 불가침조약을 맺었네. 우리가 싸울 상대는 루시타니아일세."

"그, 그렇다면 나도, 아무 망설임 없이 아르슬란 전하를 위해, 루시타니아인지 하는 놈들과 싸우겠습니다."

둘 다 너무나 진지해 오히려 직신들의 웃음을 자아냈다. 다룬이 나르사스를 향해 한쪽 눈을 찡긋해보였다.

"아르슬란 전하는 튀르크와 싸우면 튀르크 부하를 얻고 투란과 싸우면 투란 부하를 얻으실지도 모르겠군."

"그러면 순서대로, 다음은 루시타니아 부하가 되려나?"

"기왕이면 루시타니아 국왕을 파르스의 대지에 무릎 꿇린 다음 충성을 맹세케 했으면 좋겠는걸."

다룬의 새까만 두 눈에 한순간 농담을 넘어선 빛이 일렁이는 것을 나르사스는 보았다.

……이리하여 아르슬란은 다시 카베리 강을 건너 파르스의 대지를 밟았다. 파르스력 321년 3월 중순. 페샤와르 성을 떠난 지 3개월이 지났다.

IV

왕태자 귀국 소식은 페샤와르 성에 금세 전해져 책임자인 마르즈반 키슈바드는 오백 기를 이끌고 성 밖까지 아르슬란을 마중 나왔다.

아즈라일은 아르슬란의 어깨에서 키슈바드의 어깨로 날아가 한바탕 어리광을 부린 후 아르슬란의 어깨로 돌아와선 바쁘게 이를 되풀이했다. 주인과 친구 양쪽 모두를 신경 쓰는 모습이었다.

"나 참. 아즈라일 녀석. 제가 생각했던 것보다도 훨씬 바람기가 많은 모양입니다. 난처한 놈이군요."

한바탕 웃던 키슈바드도 마르즈반 바흐만의 부고를 전해 듣자 표정을 다잡고 말 위에서 신들에게 죽은 이의 명복을 빌었다.

"하오나 왕태자 전하를 위해 죽을 수 있었으니 그도 무인으로서 보람을 느꼈을 것입니다. 외람된 말씀이오나 슬퍼하실 필요 없습니다. 바흐만 장군이 구한 목숨을 부디 소중히 여겨 주십시오."

"키슈바드의 말이 맞네. 바흐만에게 보답하기 위해서라도 반드시 왕도를 되찾고 아바마마와 어마마마를 구하겠네."

"그래야 파르스의 왕태자 전하시지요. 소인 키슈바드도 불초하나마 힘을 보태드리겠습니다."

"부탁하네."

싱긋 웃은 아르슬란은 키슈바드의 곁을 떠났다. 파랑기스에게 활을 배우기 위해서였다. 아직 아르슬란은 힘이 없어 다륜처럼 강궁을 다룰 수는 없으므로 오히려 파랑기스에게 배우는 편이 좋다고 측근들이 의견 일치를 보았던 것이다.

아르슬란과 그의 어깨에 앉은 아즈라일의 뒷모습을 지켜보고 키슈바드도 몸을 돌려 나르사스의 집무실로 향했다.

나르사스는 다망했다. 출병 실무는 키슈바드와 다륜에게 맡겨도 아무 불안이 없었으나 정치나 전략의 근본적인 부분은 그가 맡아야만 했기 때문이다.

우선 신두라 원정 전에 정해두었던 굴람 해방과 카베리 강 서쪽 기슭 지역 입주를 시행해야만 했다. 다음으로는 드디어 루시타니아 토벌을 위한 병사를 일으키기 전에 아르슬란의 이름으로 격문을 띄워 각지의 샤흐르다란(제후)들에게 병사를 일으켜달라고 호소해야만 한다. 나아가 아르슬란의 정치 개혁이 어떤 입장인지를 밝히기 위해 굴람 제도를 폐지하는 선언서도 작성해야만 했다.

입으로는 바쁘다 바쁘다 말하면서도 나르사스는 꽤나 즐거워하는 눈치였다. 좋은 샤오를 위해 좋은 정치를 구상하고 실행할 수 있으므로.

키슈바드가 들어왔을 때 나르사스는 잠시 쉬며 녹차를 마시던 참이었다. 나르사스가 권하는 대로 의자에 앉아 녹차를 마시며 두세 마디 대화를 나눈 후, 키슈바드는 중요한 화제를 꺼냈다.

"나르사스 경. 이 점은 확실히 짚고 넘어가고 싶네. 아르슬란 전하께서 가령, 가령 말일세. 파르스 왕가의 핏줄을 이어받지 못했다 하더라도 우리의 충성은 조금도 변함이 없을 걸세."

그 점에 대해 나르사스는 키슈바드를 전혀 의심하지 않았다. 다만 마음에 걸리는 점이 없지는 않았다. 녹차를 다 마신 후 도기 그릇을 손가락으로 튕기며 그는 말했다.

"물론 자네의 충성은 고맙게 받아들이겠네. 그러나 안드라고라스 폐하를 구해낸 후에는 아르슬란 전하와의 사이에 균열이 생길 우려가 있네, 키슈바드 장군."

"그게 무슨 말인가?"

"굴람 제도 하나만을 보더라도 안드라고라스 폐하가 폐지를 승인하시리라고는 생각하기 어렵지. 샤오와 왕태자가 정치를 놓고 대립할 때, 장군은 어떻게 하시겠나?"

키슈바드는 파르스의 마르즈반이며 대대로 왕가를 섬겼던 무인 가문 출신이다. 기이브나 자스완트 같은 사람들과 비교하자면 짊어진 것이 완전히 다르다. 다룬이나 나르사스와도 달라 안드라고라스의 역정을 살 수도 없다. 아무리 아르슬란에게 호의적이라 해도 안드라고라스에게 적대하게 된다면 마음이 괴로울 것이다.

"나르사스 경의 심려도 지당하네만, 그건 엑바타나를 탈환하고 안드라고라스 폐하를 구출해 낸 다음에 생각하세."

"그렇군. 그게 좋겠네."

나르사스도 고개를 끄덕였다.

"이번에는 이 성만 지키고 있고 싶지는 않네. 그런 일은 사양하겠어. 선두에 서서 왕도로 쳐들어가고 싶네."

"전장의 영웅인 키슈바드 장군이 성에 틀어박혀만 있으니, 역시 지루하신가?"

"그게 말이지……."

키슈바드는 어째서인지 조금 머뭇거리는 눈치였다.

"석 달이나 성을 지키고 있으려니 역시 지루하더라——라고 말하고 싶네만, 사실은 기묘한 일이 있었거든."

"기묘한 일?"

"으음. 사실 매우 소름끼치는 일이라……."

"호오. 키슈바드 장군 같은 분께서 소름이 끼친다는 말씀을 하시다니."

타히르(쌍검장군)라는 별명으로 불리는 용맹한 마르즈반은 쓴웃음을 지으며 윤기 있는 수염을 쓰다듬었다.

"상대가 인간이라면 두렵지 않으리라 생각하네만. 병사들의 소문에 따르면 놈은 그림자처럼 정체불명이어서 벽이며 천장을 자유로이 뚫고 지나간다 하네. 게다가 병량을 훔치고 우물물을 마시고 병사들을 해친다 하지 뭔가."

"인명피해도 있었나?"

"있었네. 셋이 죽었어. 물론 그 그림자인지 뭔지가 범인이라는 증거는 전혀 없네. 단순한 사고라고 생각했네만 병사들은 그리 생각하지 않아. 다소 감당하기 힘들었던 참일세."

"흐음……."

나르사스는 키슈바드가 수상쩍게 여겼던 만큼 진지하게 생각에 잠겼다.

키슈바드가 다륜과 기병 편성을 의논하기 위해 나가자, 나르사스는 한동안 있다가 엘람을 방으로 불렀다.

"엘람, 이건 에란 바흐리즈 장군께서 바흐만 장군께 부쳤던 그 밀서다. 어딘가에 숨겨둘까 했다만, 나는 보다시피 지독하게 바빠서 말이다. 바흐만 장군의 방에 숨겨주지 않겠니?"

엘람은 나르사스에게서 신임을 받아 매우 신이 났다. 편지를 방수용 기름종이에 엄중하게 싸서 끈으로 묶고, 이를 바흐만의 방으로 가져갔다. 이모저모 생각하고 시도한 끝에 겨우 편지를 숨길 좋은 장소를 발견했다. 창가에 열대어 수조가 놓여 있었는데 바닥에 깔린 흙이 제법 두툼했다. 엘람은 그 흠 속에 밀서를 감추어두었다.

그리고 밤이 되어 나르사스는 기이브의 방문을 받았다. 성 내에 출몰하는 그림자의 소문을 들은 기이브가 석 달 전에 경험했던 기묘한 기척을 떠올렸던 것이다. 두 사람은 그 복도로 가서 한바탕 벽이며 바닥을 조사해 보았지만 아무 것도 발견하지 못했다.

나르사스와 기이브가 나란히 돌아오자 무언가 흥분한 기색으로 알프리드가 말을 걸었다. 엘람도 있었다.

"나르사스, 어딜 갔던 거야?! 한참 찾았는데!"

"무슨 일 있었나?"

그렇게 묻는 나르사스의 코앞에 종잇조각 한 장을 내민다. 파르스 문자가 나르사스의 시선을 빼앗았다. 그 내용은 생각지도 못한 것이었다.

『아르슬란 왕자에게 가담한 어리석은 자들에게 알린다. 그대들이 숨겨놓은 에란 바흐리즈의 밀서는 이미 우리의 수중에 있다. 앞으로는 이를 교훈 삼아 방심하지 말도록.』

"그래서 이 편지를 보고 어떻게 했지?!"

날카롭다기보다는 격렬할 정도로 굳어 버린 나르사스의 표정을 보고 엘람이 서둘러 안심시키려 했다.

"제가 가서 찾아보았습니다. 에란 바흐리즈 님의 밀서는 분명히 바흐만 장군의 침소에……."

엘람의 목소리는 도중에 양초의 불이 바람에 꺼진 것처럼 사그라들고 말았다. 나르사스가 말없이 사냥감을 쫓는 솔개 같은 기세로 방을 뛰쳐나갔기 때문이었다. 이유도 모른 채 기이브가 그 뒤를 따랐다.

복도를 뛰어간 나르사스가 발을 멈추지 않고 바흐만의 방문을 걷어찼다. 문은 삐걱거리면서 안쪽으로 활짝 열렸다.

믿을 수 없는 광경이 있었다.

천장에서 인간의 팔이 거꾸로 돋아났던 것이다. 두 개의 팔 중 하나는 바흐리즈의 밀서를, 하나는 단검을 쥐고 있었다. 밀서를 쥔 손이 소리도 없이 천장으로 사라지고 나머지 한쪽 팔은 위협하듯 단검을 휘둘러댔다.

나르사스의 검이 칼집에서 빠져나와 천장을 향해 섬광을 그렸다.

단검을 쥔 팔은 팔꿈치에서 절단되어 선혈의 꼬리를 끌며 바닥에 떨어졌다. 동시에 바닥을 박차고 도약한 기이브가 장검을 수직으로 내질러 두꺼운 참나무 천장을 꿰뚫었다.

칼끝에 가벼운 감촉이 있었다. 기이브는 혀를 차고 검을 뽑았다. 칼날에 피가 묻기는 했으나 그리 중상을 입힌 것 같지는 않았다.

"팔 하나를 희생해 목적을 이루다니. 보통 놈은 아닌

모양이군."

칼날에 묻은 핏방울을 털며 기이브가 중얼거렸다.

문 앞에 뻣뻣이 선 채 엘람이 망연자실한 표정으로 이 광경을 지켜보고 있었다.

"나르사스 님, 뭐가 어떻게 된 노릇인지 저는 전혀……."

검을 칼집에 거두며 기이브가 나르사스를 쳐다보았다.

"나는 알 것도 같은데. 다시 말해 이 꼬마는 미끼가 되었던 거지?"

"악사님 말이 맞네."

나르사스는 이마에 늘어진 머리카락을 쓸어넘기며, 역겹다는 듯 바닥에 떨어진 팔을 바라보았다.

"이렇게 된 거다, 엘람. 이 괴인은 바흐리즈 장군의 밀서가 어디 있는지를 몰랐던 게야. 그래서 이런 편지를 남겨 너희에게 읽게 했고. 너희가 놀라서 바흐리즈 장군의 밀서가 무사한지 아닌지를 알아보러 가도록. 그걸 몰래 쫓아가면……."

"……아!"

엘람이 나직하게 외쳤다. 다른 누구도 아닌 자기 자신이 도적을 원하는 장소로 안내해주고 말았다는 사실을 깨달은 것이다. 터무니없는 실수였다. 호락호락 상대의 의도대로 움직여버리고 말았다.

엘람은 어깨를 축 늘어뜨렸다. 나르사스가 다시 무슨 말을 하려 했을 때, 의외로 알프리드가 엘람을 감싸고 나섰다.

"엘람만 잘못한 게 아니야. 나한테도 책임이 있어. 엘람을 책망하지 말아줘, 나르사스."

견원지간이던 알프리드가 변호해주자 엘람은 무슨 표정을 지어야 좋을지 알 수 없는 기색이었다. 나르사스는 쓴웃음을 지으며, 불그레한 머리카락을 가진 소녀를 향해 가볍게 한손을 내저었다.

"아니, 저기 말이지, 알프리드. 내 말을 좀 들어보⋯⋯."

"엘람은 분명 실수를 만회할 거야. 그야 큰일이기는 하지만, 딱 한 번 잘못했다고 너무 책망하면 가엾어."

"내 말을 좀 들어보라니깐. 책임은 나한테 있다. 신경 쓰지 마라, 엘람. 빼앗긴 밀서 말인데, 그건 가짜야."

"뭐어─?!"

알프리드가 큰 소리를 지르고 엘람도 눈을 동그랗게 떴다. 나르사스가 머리를 긁었다.

"용서하거라, 엘람. 바흐리즈 장군의 밀서는 아직 발견하지 못했어. 그건 첩자를 유인하기 위한 함정이었다."

검을 칼집에 거둔 기이브가 천장에서 시선을 돌렸다.

"그건 그렇다 쳐도 나르사스 경, 쉽사리 목적을 달성하고 도망쳐 버린 그놈은 대체 뭐 하는 놈일까?"

"모르지."

나르사스는 너무나도 선선히 대답했다. 그는 알아보지도 않고 추측하는 것을 좋아하지 않았다. 그는 현자지만 천리안은 아니다.

성 안에 출몰하는 그림자인지 뭔지가 바흐리즈의 밀서를 노리는 것은 아닐까 생각했기에 거짓 밀서를 날조해 이를 미끼로 삼아 생포하려 했다. 한데 상대도 제법 뛰어나 감쪽같이 가짜 밀서를 가지고 도망쳐버렸다. 사로잡았더라면 무언가 알아낼 수 있을지도 모르지만 놓쳐버린 이상 어쩔 수 없다. 도둑맞은 밀서는 가짜이므로 사실상 피해는 없지만 잔꾀에 한 방 먹었다는 기분은 씻기 어려웠다. 일단은 아르슬란에게 자초지종을 보고하고 경계와 수색을 엄중히 할 수밖에 없었다.

……그 무렵, 한쪽 팔을 희생해 가짜 밀서를 얻은 사내는 이미 페샤와르 성새 밖으로 도망친 후였다. 잘려나간 왼팔의 상처에 천을 감은 채 어둠속에서 나직하게 신음하고 있었다.

"존사님, 존사님. 산제는 명령을 완수했나이다. 밀서는 분명히 입수했나이다. 그러니 엑바타나로 전하러 가겠습니다……."

제5장 겨울의 끝

I

아르슬란과 그의 부하들이 신두라 국내에서 전투를 계
속하던 무렵, 파르스의 정통한 샤오를 자칭하는 히르메
스는 왕도 엑바타나에 있었다.

물론 안락한 생활을 보낸 것은 아니었다. 그는 이제까
지 루시타니아인이 파르스를 침략하는 기세를 틈타는
형태로 활동을 해왔다. 그런데 당면 복수 대상인 아르
슬란은 느닷없이 신두라로 진군해 파르스 국내에서 사
라지고 말았다. 루시타니아군도 내부 갈등 끝에 대주교
장 보댕과 템페레시온스(성당기사단)가 왕도에서 이탈
하고 말았으므로 지방의 파르스군 잔당이나 샤흐르다란
을 토벌할 상황이 아니었다.

히르메스의 입장에서는 자신이 이제부터 어떻게 움직

여야 할지, 신중하게 생각할 시기를 맞은 셈이었다.

한편 루시타니아의 왕제 기스카르도 다사다난했다.

형인 루시타니아 국왕 이노켄티스 7세는 파르스 왕비 타흐미네에게 정신이 팔렸다. 푹 빠졌다고는 할 수 없다. 빠지기는커녕, 애초에 물가에 접근하는 것조차 허락받지 못했으니까.

이노켄티스 7세는 타흐미네를 왕궁 내에 연금하고 열심히 선물을 가져다 바치는 한편 이알다바오트 교로 개종하도록 권하고 있었다. 그런 상태가 왕도를 점령한 이래 겨울 내내 이어졌다. 분명 타흐미네가 이알다바오트 교로 개종한다면 결혼의 장애는 사라진다. 이를 알고서 하는 짓인지, 타흐미네는 요사스러운 미소를 지으며 이리저리 피해갈 뿐 좀처럼 왕의 요구에 응하려 들질 않았다.

왕과 타흐미네의 사이가 나아진다면 그건 그거대로 기스카르에게는 난감한 일이 된다. 자칫 아이라도 태어나는 날에는 왕위계승권 문제가 꼬일 것이다. 그러니 이노켄티스가 타흐미네를 상대로 일방적인 연애 놀음에 매달려 있는 동안에는 방치해두어도 상관이 없겠지만, 결국 정치나 군사에 대한 어려운 문제는 모두 기스카르에게 집중되었다.

기스카르의 입장에서는 자신의 재능과 권세를 휘두르

기 좋은 상황이었으나, 역시 이따금 형왕에게 속이 끓었다.

얼마 전 왕도를 이탈한 보댕과 템페레시온스가 자불 성에 틀어박혀 농성을 시작하는 바람에 서쪽과의 연락은 끊어진 것이나 마찬가지였다. 그런데도 연애 놀음이나 하고 있을 때냐고 형에게 퍼부어주고 싶은 심정이었다.

자불 성은 왕도 북서쪽 50파르상(약 250킬로미터) 거리에 있으며, 이곳은 예로부터 파르스와 마르얌 두 왕국을 육로로 이어주는 중요한 위치였다. 이 성에서 군대를 출동시키면 대륙공로를 차단하고 양국의 연결을 막아버릴 수 있는 것이다.

지금 자불 성에는 장병 2만여 명이 농성 중이다. 그들 대부분은 템페레시온스이며 일부는 대주교 장 보댕에게 충성을 맹세한, 순수한 광신자들이었다. 종교적인 신념이란 타협을 받아들이지 않기에 난감하기 그지없다.

장 보댕은 자불 성에서 루시타니아 국왕 이노켄티스 7세에게 몇 가지 요구사항을 제시했다.

파르스 샤오 안드라고라스 3세와 왕비 타흐미네를 처형할 것. 파르스인을 이알다바오트 교로 개종시키고, 개종하지 않는 자는 전원 죽여버릴 것. 이교도 여자에게 마음을 빼앗긴 사실을 이알다바오트 신에게 참회하는 한편 평생 이알다바오트 교의 계율을 어기지 않겠다고 맹세할 것. 국정 전반에 걸쳐 교회의 거부권을 명문화할 것……

물론 교섭의 여지는 있겠지만 일방적이고 강압적인 요구였다. 이노켄티스는 당황하여 동생에게 의논을 청했다.

"보댕 그놈. 신의 이름을 들먹여 교회의 권력을 확대시키는 것만 생각하다니. 형도 형이지. 나에게 한번 의논하면 그 후로는 스스로 생각을 하려 들질 않으니."

기스카르는 이를 갈았으나 자불 성에서 농성 중인 2만 병사는 우습게 볼 수 없었다. 공략하려면 이쪽도 대군이 필요하며, 장기전이 될 때가 두려웠다. 엑바타나를 텅 비워놓을 수는 없고, 어정쩡하게 병사를 분산시켰다간 각개격파당하고 말 것이다.

그리고 기스카르는 자불 성을 포위하기 위한 군대를 특별히 편성한다는 생각을 떠올렸다. 이를 은가면에게 지휘케 하면 되는 것이다. 자불 성을 함락해준다면 두말할 필요가 없지만, 솔직한 심정은 포위해주기만 하면 그만이었다. 아무튼 루시타니아군이 파르스군의 잔당을 쓸어버릴 때까지 보댕은 손도 못 쓰고 입도 벙긋하지 못하게 할 생각이었다.

이노켄티스는 기스카르의 제안을 받아들였다. 왕은 즉위한 후로 동생의 제안을 거절한 적이 거의 없었다.

그리고 그 시점에서 모든 것이 해결된 것처럼 안심해 버렸다.

원래 파르스의 마르즈반이었던 삼은 아직 부상이 완치되지 않았다. 히르메스가 왕도 엑바타나에 돌아온 후로 그의 측근이 되어 온갖 방면의 조언과 진언을 해주고 있었다. 히르메스도 그의 존재를 귀중하게 여겨 여러 면에서 의견을 구했다. 부하 잔데에게도 삼에게 예의를 지키도록 타일러 두었으나 잔데에게는 그것이 다소 불만인 듯했다.

어느 날 자신의 저택 안뜰에서 히르메스는 삼과 한 가지를 의논했다. 기스카르가 자부르 성의 템페레시온스를 토벌하도록 부탁했던 건에 대해서였다. 삼은 즉시 대답했다.

"받아들이십시오, 전하."

"그러나 기스카르의 본심은 뻔하다. 우리와 템페레시온스를 반목시켜서 함께 쓰러지도록 하려는 게지. 그 사실을 알면서도 기스카르의 책략에 놀아날 이유도 없다고 생각하지만……."

은가면을 오후 햇살에 반사시키며 히르메스는 생각에 잠겼다.

"그대가 그렇게 말하는 이상 생각이 있겠지. 말해보라."

"우선 템페레시온스를 친다는 대의명분이 있으면 전하는 공공연히 병사를 모을 수 있습니다. 루시타니아인들의 돈으로 병사와 무기를 갖출 수 있지 않겠습니까."

"……흐음."

"게다가 지금이야 국왕파와 대립하고 있다 하나 템페레시온스 또한 루시타니아인입니다. 그들을 쳐서 멸할수 있다면 파르스 백성들에게는 그야말로 환영할 만한일. 전하께서는 언젠가 파르스인들의 위에 군림하실 분이니 결코 손해가 되는 일은 아닐 겁니다."

"그건 그렇다만……."

"게다가 승리하면 기스카르 공작 일당에게 빚을 지울수가 있습니다. 은상을 요구하셔도 될 것입니다. 템페레시온스가 농성하던 성을 바라시는 것도 한 가지 방법이라 생각합니다."

삼이 말을 끊자 히르메스는 팔짱을 풀었다.

"듣자하니 좋은 일밖에 없는 것 같기도 하군. 그러나진다면 어떻게 하지?"

히르메스가 반문했을 때 삼의 낯빛이 바뀌었다. 그는파르스 대리석으로 만든 원탁에 상반신을 내밀며 은가면 위로 강한 시선을 보냈다.

"영웅왕 카이 호스로의 자손인 분이 패배했을 때를 생각하십니까? 고작해야 템페레시온스 따위를 이기지 못하시면서 어떻게 파르스를 회복시킬 수 있겠습니까. 한심한 말씀을 하시는군요."

히르메스가 쓴 은가면은 표정을 바꿀 수도 없지만 그 안에서 히르메스는 얼굴을 붉혔을지도 모른다. 카이 호스로의 자손이라는 한마디는 정통 의식이 강렬한 히르메스의 마음을 뒤흔들었다.

"확실히 삼의 말이 옳다. 잘 조언해주었다. 기스카르 놈의 요청을 받아들이기로 하지."

"호오, 그런가. 해 주겠나."

은가면이 자불 성 공략 요청을 받아들이자 기스카르는 기뻐하면서도 의아함을 감추지 못했다. 은가면, 즉 히르메스가 그리 쉽게 그의 책략에 놀아날 자가 아니라고 생각했기 때문이다. 언젠가 억지로라도 고개를 끄덕이게 만들 생각이었건만.

"물론 무기와 병량은 충분히 갖추어 주셨으면 합니다. 그리고 루시타니아 정규군 병력을 나눌 수는 없으므로 제가 파르스인으로 병사를 징집하도록 하겠습니다. 그래도 되겠습니까?"

"좋아. 그대에게 맡기겠네."

기스카르는 계산이 빠르기는 해도 구두쇠는 아니었다. 충분한 준비와 보수를 약속하고 은가면을 돌려보냈다.

이때 기스카르에게 충고를 하는 자가 있었다.

"왕제전하, 템페레시온스가 제멋대로 행동하여 루시타니아의 국격을 떨어뜨린 것은 사실이오나 이를 치는 데 이교도인 파르스인을 써도 되겠습니까? 놈들의 칼이 언젠가 이쪽으로 돌아올지도 모르는 일입니다."

궁정서기관 오르가스라는 자였다. 기스카르 밑에서 행정 실무를 담당하는 인물이었다. 기스카르는 쓴웃음과 함께 부하의 불안에 대답해주었다.

"그대의 불안은 지극히 타당하네만, 지금은 병사 한 명이 아쉬운 시기일세. 각지에서 올라온 보고를 종합해 생각해보면 드디어 파르스 놈들이 대거 엑바타나로 쳐들어오려 하는 모양이야."

"그건 큰일이로군요."

"어차피 은가면 놈에게도 좋지 못한 꿍꿍이가 있을 게 분명하지만, 지금은 자불 성에서 농성 중인 바보 놈들과 싸워준다지 않나. 싸우면 피해도 입겠지. 마음껏 신나게 싸우도록 해 주세나."

수긍한 오르가스는 새삼스레 목소리를 죽이더니 다른 의문을 입에 담았다.

"그건 그렇다 쳐도 그 은가면의 정체는 대체 뭡니까?"

"파르스 왕가의 일원일세."

기스카르의 대답에 오르가스가 마른 침을 삼켰다.

"그, 그 말씀이 참입니까?!"

"글쎄. 내 입에서 지금 터무니없는 소리가 나오기는 했네만, 의외로 사실일 수도 있지. 파르스 왕가에도 별일이 다 있었던 모양이니."

이때 기스카르는 다시금 보댕 대주교에 대한 분노를 떠올렸다. 엑바타나를 점령한 후 보댕은 대규모 분서를 자행해 귀중한 서적을 수없이 태워 버리고 말았다. 그런데 그중에는 왕궁의 서고에 보관되었던 고문서도 있었다. 이를 조사하면 분명 파르스의 국정이나 궁정 내의 밀사에 관한 온갖 일들을 알아낼 수 있었을 것이다. 게다가 보댕은 지리에 관한 서적까지도 불태우는 바람에 파르스를 통치하는 데 매우 심각한 피해를 입히고 말았다. 이를테면 어떤 마을에서 조세를 거둔다고 했을 때 그 마을이 어느 정도 조세를 부담할 능력이 있는지, 노동인구와 경작면적은 어느 정도인지를 모두 처음부터 다시 조사해야만 하는 것이다.

"난감하게 되었구나, 기스카르."

이노켄티스 왕의 말이었다. 그는 이 단계에서 이미 동생에게 모든 책임을 떠넘기고 있었던 것이다. 자각하지도 못한 채.

형도 형이고 보댕도 보댕이지만 또 한 사람, 기스카르 에게는 신경 쓰이는 인물이 있었다. 파르스 왕비 타흐 미네였다.

"타흐미네라는 여자는 정말 무슨 생각을 하는 건지. 형 과 보댕을 합친 것보다 백 배는 속을 모를 여자라니까."

그것이 기스카르에게는 영 찜찜했다.

사실 형왕 이노켄티스는 해면으로 만든 것 같은 몸과 정신의 소유자이므로 타흐미네가 독액을 부어주면 금세 이를 흡수하고 말 것이다.

예를 들어 타흐미네가 기스카르에게 악의를 품어 왕의 귀에 이렇게 속삭인다면 어떻게 될까.

"폐하. 기스카르 공작을 주륙誅戮하시옵소서. 그자는 폐하를 업신여기어 자신이 지존의 자리에 오르고자 획책 하고 있나이다. 살려두어서는 폐하께 해가 되옵니다."

"그런가. 그대의 말이라면 틀림없겠지. 즉시 동생을 처형하겠다."

……자신의 상상에 기스카르는 소름이 돋았다. 루시 타니아 왕제전하이자 사실상의 최고권력자라 해도 그리 탄탄한 처지라고는 할 수 없다. 드디어 광신자 보댕이 엑바타나를 나갔다고 생각하니 이번에는 타흐미네가 나 타난 격이다.

기스카르는 진저리를 쳤다. 그는 어렸을 때부터 형을 도와주기만 했다. 도움을 받은 기억은 한 번도 없었다. 이제는 절절히 진저리가 났다…….

한편 기스카르에게 허가를 받은 히르메스는 공공연히 파르스 병사들을 모집하기 시작했다. 이와 함께 군마, 무기, 병량도 확보하기로 했다. 이러한 것들을 대놓고 루시타니아군에 요구했던 것이다.

"어찌됐든 루시타니아 놈들을 위해 무리를 하실 필요는 없습니다. 충분히 시간을 두고 준비를 갖추십시오."

삼이 충고하고 히르메스는 이를 받아들여 신중하게 준비를 추진했다. 준비를 제대로 갖추지 못하고 자불 성을 공격했다가 되레 당하는 날에는 웃음거리밖에 되지 못한다. 루시타니아인을 국외로 몰아내고 왕도 엑바타나에서 샤오로 즉위하여 안드라고라스와 아르슬란의 목을 나란히 성문에 효수할 때까지 죽어서는 안 된다. 그는 파르스 중흥의 시조로서 파르스의 역사에 불멸의 이름을 새길 것이다. 그러기 위해 우선 자불 성을 함락하고 이곳을 그의 본거지로 삼을 것이다. 그리고 히르메스라는 이름을 밝힐 시기를 가늠해 파르스의 왕기를 내걸 것이다.

"그 성은 난공불락으로 보이지만 사실은 몇 군데 허점이 있습니다. 루시타니아인들은 모르겠지요. 저는 세

차례 정도 그 성에 가서 내부를 면밀히 조사해둔 적이 있습니다."

파르스가 자랑하는 열두 마르즈반 중에서 성새의 공격과 방어에 관해 가장 뛰어난 역량을 가진 자가 바로 삼일 것이다. 그렇기에 안드라고라스도 왕도 엑바타나의 방어를 맡길 수 있었다.

그런데 지금은 엑바타나 함락에 활동했던 히르메스를 위해 자불 성을 공략하려 한다. 이 아이러니를 온몸으로 느껴도 삼은 입 밖으로는 내려 하지 않은 채 묵묵히 일에 매진했다.

이리하여 파르스력 321년이 밝은 이래 히르메스는 착착 사병집단 편성을 추진하고 무기와 병량을 모았다. 언제쯤이면 왕도를 출발할 거냐고 기스카르가 짜증을 내기 시작했을 무렵, 준비가 겨우 끝났다.

그것이 2월 말이었다.

II

지하감옥 안은 1년 내내 기온의 차이가 거의 없다. 서늘한 습기가 들어오는 이들의 피부를 쓸어내린다. 횃불이나 촛대의 불빛이 미치지 않는 곳에는 거무죽죽한 어둠이 도사렸으며 옥사한 이들의 못다 흘린 신음이 곰팡이 핀 대기의 밑바닥에 대류하는 것 같았다.

제18대 파르스 샤오 안드라고라스 3세는 이곳에 유폐된 지 올 2월로 4개월이 되었다.

매일처럼 고문이 있었다. 무언가를 묻기 위한 고문이 아니라, 육체에 상처를 입히고 왕의 긍지를 더럽히기 위해 채찍으로 치고, 달군 부지깽이로 지지고, 상처에 소금물을 끼얹고, 바늘로 찌르는 것이었다.

안드라고라스의 용모는 이미 반쯤 수인獸人을 연상케 할 정도였다. 수염도 머리카락도 무성히 자랐으며, 물론 목욕도 못했다.

옛 왕의 앞에 생각지도 못한 방문자가 나타났다. 조용히 어둠 속을 걸어온 인물은 공손히 포로에게 고개를 숙였다.

"그간 격조했나이다, 폐하."

그 목소리는 나직하고 침통했다. 안드라고라스는 눈을 들었다. 긴 감금과 고문의 나날에도 안광은 힘을 잃지 않았다.

"삼이로군……."

"그렇사옵니다. 폐하께 마르즈반 지위를 받았던 삼이옵니다."

"그런 삼이 무엇을 하러 왔느냐."

도와주러 왔다고 생각하여 기뻐 날뛰거나 하지 않는

것이 안드라고라스의 대단한 점이 아닐까. 삼은 소심한 사람도 겁쟁이도 아니었으나 안드라고라스의 온몸에서 기이한 위압감을 받았다.

그는 분명 안드라고라스를 구출하러 온 것이 아니었다. 무기도 갖추지 않았다. 고문기술자를 매수하여 아주 잠깐 면회할 시간을 얻었을 뿐이다. 삼의 무용이라면 고문기술자들을 베고 지하감옥을 탈출하는 것도 불가능하지는 않으리라. 그러나 상처 입은 샤오를 안고 왕도를 탈출할 수 있을 것 같지는 않았다.

게다가 자신의 등에 고문기술자들이 활을 겨누고 있음을 잘 안다.

"폐하께 여쭙고 싶은 것이 있어 이렇게 찾아왔나이다."

"무엇을 묻고 싶다는 게냐."

"폐하께서는 모르시겠습니까. 소인이 여쭙고 싶은 것을."

"무엇을 묻고 싶다는 게냐."

시치미를 떼듯 안드라고라스는 되풀이했다.

"17년 전의 사건이옵니다."

파르스력 304년 5월, 제17대 샤오 오스로에스 5세가 의문 속에 급사했다. 그리고 동생이었던 안드라고라스가 등극한 후 오스로에스의 왕자 히르메스가 불에 타 죽었다──고 되어 있다. 성인이 되어 삼의 앞에 나타난 히르메스는 안드라고라스 3세가 형왕 오스로에스 5세를 시해하고 스스로 왕위에 올랐다고 단언했다. 히르메스가 얼굴 절반을 잃었던 화재도 실수가 아니라 안드라고라스가 불을 지르게 했던 것이라고.

"폐하. 신하 된 자로서 분수도 돌아보지 않고 일부러 여쭙겠나이다. 17년 전, 폐하께서는 선왕 오스로에스 폐하를 시해하셨습니까?"

"……."

"형왕을 살해하고 왕위를 찬탈하셨습니까? 그리고 히르메스 왕자님을 불에 태워 죽이려 하셨습니까?"

"그걸 물어 어쩌겠다는 게냐."

안드라고라스의 목소리에 동요는 없었다. 오히려 싸늘하게 조롱하는 기색마저 있었다.

"소인은 싸우는 것 말고는 재주가 없는 자입니다. 그런데도 왕가의 은총을 입어 마르즈반이라는 명예로운 지위에 올랐습니다. 저는 왕가의 은혜를 입은 몸입니다. 또한 주제넘게 말씀을 드리자면 이 파르스라는 나라에 애착이 있나이다. 따라서 저의 갈등을 폐하께서 일깨워 주셨으면 하여 이렇게 여쭙는 것이옵니다."

얼마간 간격을 두며 삼이 말하는 동안 안드라고라스의 눈에서 냉소의 빛이 사라졌다.

"삼. 우리 형제의 아버지인 고타르제스 대왕폐하는 우

선 명군이라 불릴 만한 분이셨다. 그러나 단 한 가지, 뭇 신하들이 눈살을 찌푸렸던 결점이 있었다. 그대도 잘 알 테지."

"예……."

삼은 알고 있었다. 고타르제스 대왕은 분별도 용기도 있었으며 바주르간(귀족)에게는 공정하고 굴람에게는 자비롭다고 알려진 사람이었으나, 단 한 가지 결점이 있었다. 미신을 깊이 믿었던 것이다. 만년에는 그것이 병적인 수준에 이르렀다. 뒤를 이은 오스로에스 5세에게도 부왕만큼은 아니라지만 예언이나 점성술을 신경쓰는 경향이 있었다.

"고타르제스 대왕폐하는 젊었을 적 어떤 예언을 받으셨다."

"……그것이 무엇이옵니까."

"파르스의 왕가는 고타르제스 2세의 자식 대에서 대가 끊기리라는 예언이었다."

삼은 한순간 숨을 멈추었다. 안드라고라스는 오히려 연민하듯 그를 바라보고, 나직한 목소리로 말을 이었다.

파르스 왕가는 고타르제스 2세의 자식 대에서 대가 끊긴다——.

그 무시무시한 예언을 믿은 고타르제스 2세는 혼란에 빠졌다. 믿지 않으면 그만인 것을, 믿어 버리고 말았으니 대책을 세워야만 했다. 그는 이성을 잃은 머리로 생각하고 또 생각했다.

그 결과 그가 제일 먼저 취한 행동은 왕비와의 사이에서 태어난 두 아들에게 오스로에스와 안드라고라스라는 이름을 지어준 것이었다. 이제까지 안드라고라스라는 이름의 샤오는 반드시 오스로에스라는 이름의 국왕 뒤에 즉위했다. 그러니 오스로에스가 설령 일찍 죽는다 해도 왕위는 동생 안드라고라스가 물려받게 된다. 그런 속셈이 있었던 것이다. 결과적으로는 바로 그렇게 되었다.

안드라고라스 밑으로는 동생이 태어나지 않았다. 그렇다면 안드라고라스 대에서 파르스의 왕통은 끊어질 것인가. 고타르제스는 포기하지 않았다. 그리고 여기서 또 다른 예언이 생겨났다. 그의 장남 오스로에스의 아내에게 자식이 태어나면 안드라고라스 이후로도 파르스의 왕통은 이어질지 모른다. 다만 그것은 어디까지나 고타르제스 자신의 자식이어야만 한다…….

"그, 그렇다면 히르메스 전하는…….."

삼은 말문이 막혔다 히르메스는 오스로에스 5세의 자식이 아니라 동생이었단 말인가. 진짜 아버지는 고타르제스 2세였단 말인가. 왕위를 이어갈 자신의 자식을 늘리기 위해, 고타르제스 왕은 자기 자식의 아내와 통정해 아들을 낳게 했다는 말인가.

두렵고도 끔찍하여 삼은 식은땀이 코 옆을 따라 흘러 떨어지는 것을 한동안 알아차리지 못했다.

"딱히 놀랄 일도 아니잖느냐. 지상에 청정한 왕가 따위 없다. 오래 묵은 왕가일수록 피가 탁해지고 오물이 쌓이는 법이지."

안드라고라스의 목소리에는 어딘가 체념한 듯한 기색이 있었다. 남의 일처럼 생각하는 기미마저 느껴졌다. 삼은 식은땀을 손등으로 훔치며 호흡을 골랐다. 이젠 아무 것도 묻고 싶지 않은 기분이었으나 한 가지 더 궁금한 것이 생겨났다.

"그렇다면 아르슬란 전하는 어떻게 되시는 겁니까?"

"아르슬란 말이냐……."

안드라고라스의 표정이 수염과 상처 속에서 살짝 바뀌었다. 그대로 침묵에 잠기는 바람에 삼이 말을 이었다.

"아르슬란 전하는 폐하와 타흐미네 왕비마마 사이에서 태어나신 아드님입니다. 그분은 그러한 예언 속에서 어떠한 역할을 짊어지셨던 것이옵니까?"

안드라고라스의 침묵은 여전히 이어졌다. 삼도 또한 침묵했다. 질문한 본인이 끔찍한 피로를 느끼고 있었다. 겨우 안드라고라스의 입이 벌어지려 했다.

"나와 타흐미네 사이에는 분명히 자식이 태어났다. 그러나……."

"그러나?"

삼이 되물었을 때, 요란하게 벽을 후려치는 소리가 들렸다. 고문기술자의 우두머리가 돌아온다는 신호였다. 그 소리는 안드라고라스 왕의 입에 보이지 않는 자물쇠를 채웠다. 삼은 자리에서 일어났다. 이 이상은 더 들을 수 없음을 느꼈다. 그는 다시금 샤오에게 고개를 숙였다.

"폐하, 언젠가 반드시 이곳에서 꺼내 드리겠나이다. 지금은 용서해 주시옵소서."

등을 돌린 삼에게 안드라고라스가 뼛속까지 싸늘해지는 듯한 목소리로 말했다.

"삼, 내가 한 말을 그대로 믿지 않는 게 좋을 게다. 나는 거짓말을 하고 있는지도 모른다. 어쩌면 스스로는 진실을 말했다 생각하지만 나 자신이 이미 누군가에게 속은 것일지도 모르지. 파르스 왕가의 역사는 피와 거짓말로 점철된 것이니 말이다. 제18대 샤오인 내가 하는 말이니 틀림없다."

귀를 틀어막고 싶은 심정으로 삼은 지하감옥의 계단을 올랐다. 몇 번인가 모퉁이를 돌고 문을 지나 겨우 지상으로 나왔을 때, 삼은 늦겨울 햇살을 매우 눈부시게 느꼈다. 동시에 자신이 가야 할 길이 더욱 혼미의 안개에 휩싸인 것을 깨달았다.

III

은가면 경, 즉 히르메스가 이끄는 파르스인으로만 구성된 군대는 3월 1일에 왕도를 출발했다.

병력은 기병 9200, 보병 2만 5400. 그 외에 병량을 수송하는 인부 한 부대가 따랐다. 기병은 잔데의 죽은 아버지 칼란을 섬기던 자들이 중심이 되었다. 삼의 옛 부하들도 있었다.

3만 이상의 병력이 모여든 데에는 기스카르도 의외였다. 살짝 불안을 느끼면서 그는 은가면의 출발을 지켜보았다.

왕도를 떠난 지 닷새가 지나 마침 자불 성으로 가는 여정의 절반에 이르렀을 무렵, 그들은 가도 근처의 주민에게서 어떤 소문을 들었다.

템페레시온스 중에서 소행이 나쁜 자들이 자불 성에서 추방되었는데, 이유는 이알다바오트 교로 개종한 상인 집단을 습격하여 살인과 약탈을 했기 때문이었다. 추방된 이들 열다섯 명의 사내들은 대륙공로에 가까운 산간에서 숙영하며 완전히 도적으로 변해 온갖 악업을 일삼고 있다고 했다.

자불 성으로 가는 길 도중에 있다면 그 도적들을 소탕해 이번 원정의 제물로 삼자고 잔데가 주장했으며, 히르메스도 고개를 끄덕였다.

그런데 이틀 정도 행군을 계속하니 소문의 내용이 바뀌었다. 열다섯 명의 루시타니아 도적떼는 바로 며칠 전에 나타난 단 한 명의 나그네에게 모두 참살당하고 말았다는 것이다.

삼에게 이 이야기를 한 농민은 완전히 흥분해 떠들어 댔다.

"정말이지, 그렇게 강한 사람은 본 적이 없습죠."

"그렇게 강했나?"

"강하고 자시고, 그렇게 강한 사람이 이 세상에 있다고는 생각도 못 했다니깐요. 혼자서 열다섯을 죽여 놓고 자신은 긁힌 상처 하나 없었으니."

이런 소리를 들으니 삼도 흥미가 동했다.

"어떤 자였나?"

나이는 서른을 넘은 정도였으며 근골이 우락부락한 장신의 사내로 왼쪽 눈이 없었다고 한다. 또한 갑옷은 걸치지 않았지만 갈색 말을 탔으며 녹색 칼집에 담은 대검을 허리에 차고 있었다고.

삼에게는 짐작 가는 사람이 있었다. 그 애꾸눈 사내에 대해 될 수 있는 대로 많은, 정확한 이야기를 수집케 했다.

농민들의 이야기에 따르면 애꾸눈 사내는 이 뒤숭숭한

시기에 매우 느긋한 태도로 마을에 나타났다고 한다. 듣자하니 신분이 높은 자이며 부하 수백 명을 북쪽 마을에 맡겨놓은 채 혼자 떠돌아다닌다고 자기 입으로 말했다는데 이 말은 별로 신용할 수 없었다.

근처의 마을들이 루시타니아인 도적떼 때문에 해를 입고 있다는 말을 듣자 그는 자기 혼자 해치워주겠다고, 보답으로는 술과 여자를 내놓으라고 하더니 혼자 말을 몰아 도적들의 숙영지로 향했다.

다음 날, 말을 타고 나타난 애꾸눈 사내는 다른 말의 고삐를 잡고 돌아왔다. 그 말은 커다란 마대 자루 세 개를 끌고 있었는데, 자루마다 도적들의 목이 다섯 개씩 들어있었다고 한다.

농민들은 도적들의 숙영지로 몰려가 빼앗긴 것들을 모두 되찾고, 애꾸눈 사내에게는 약속대로 술과 식사와 여자를 제공했다. 사흘이 지나자 사내는 좁은 마을 안에서 사람들하고 지내는 게 귀찮아졌다는 말을 남기고 집과 여자들을 내팽개친 채 마을을 떠나버렸다.

그것이 바로 어제 일이었다. 근처의 산속에 동굴이 있는데, 그곳에 말을 묶어두었으니 오늘까지는 그 동굴에 있을지도 모른다. 혹은 이미 어딘가로 떠나 버렸을지도 모른다. 그런 이야기였다.

"전하. 그 자가 누군지 짐작이 가는 바, 만나보고 오겠습니다. 전하의 편이 된다면 믿음직한 자인지라."

히르메스에게 그렇게 말한 삼은 겨우 20기 정도의 기병을 이끌고 사내가 살고 있다는 동굴로 향했다.

그 동굴은 대륙공로를 내려다보는 언덕 중턱에 입을 벌리고 있었다. 부근에는 금작화며 야생 올리브가 무성했다. 다가가보니 동굴에서 바깥으로 흘러나오는 노랫소리가 들렸다. 노래는 그럭저럭 잘 부른다고 해주지 못할 것도 없는 정도였으나, 낭랑한 성량은 훌륭했다.

삼 일행이 동굴로 다가가자 금작화 덤불 속에서 요란한 울음소리가 들렸다. 들쥐 가족이 있었던 것이다. 덤불 안에는 마른 고기며 치즈 조각이 굴러다녔다. 이 들쥐 일가는 먹이를 얻어먹으며 동굴의 문지기 노릇을 했던 모양이었다. 노랫소리가 뚝 그치고 질문이 날아들었다.

"남의 노래를 거저 들으려 하는 괘씸한 놈이 누구냐."

"쿠바드, 반년만이로군. 멋없는 인사네만 건강한 것 같아 다행일세."

"……호오, 삼 아닌가."

동굴 입구에 모습을 나타낸 애꾸눈 장부는 허연 이를 드러내며 웃었다. 그러자 거칠게 깎아낸 듯 정한한 얼굴에 소년 같은 표정이 퍼졌다.

아트로파테네 패전 이후 행방불명되었던 파르스의 마르즈반 쿠바드였다.

기병들을 기다리게 하고 삼은 동굴 안으로 들어갔다. 말에는 이미 안장이 얹혀 있었다. 출발 직전이었던 모양이었다. 쿠바드는 동굴 구석에 말아 놓았던 융단을 펼치고 후카 단지를 가져왔다.

"뭐, 거기 앉게. 자네가 살아있을 줄은 솔직히 생각도 못했는걸. 그러면 목숨을 부지한 놈들도 꽤 있겠는데. 자네하고 같이 엑바타나를 지키던 가르샤스흐는 어떻게 됐지?"

"가르샤스흐는 용감히 싸우다 전사했네. 살아서 수치를 무릅쓰고 있는 나하고는 천지 차이지."

자조하듯 삼이 대답하자 쿠바드는 후카 단지를 손에 들고 웃었다.

"자네가 자기를 비하하는 거야 자네 맘이지만, 난 딱히 살아서 수치를 무릅쓴다는 생각은 안 하는데. 아트로파테네에서 살아남았으니까 술도 마실 수 있고, 여자도 안을 수 있고, 마음에 안 드는 루시타니아 머저리들도 썰어버릴 수 있었거든."

삼 앞에 청동 잔을 놓고 후카를 채우더니 자신은 직접 단지에 입을 가져다대고 마시기 시작했다. 술고래로 유명한 사내였다. 후카 정도는 물이나 마찬가지일 것이다. 삼은 입을 댔을 뿐이었다.

"어떤가, 쿠바드. 나는 어떤 분을 모시고 있네만, 함께 가지 않겠나?"

"그렇게 말해주니 고맙긴 한데……."

"싫은가."

"남을 섬기는 건 솔직히 말해서 이젠 지긋지긋하거든."

삼은 쿠바드의 말이 이해가 가지 않는 것도 아니었다. 아는 사람은 아는 '허풍쟁이 쿠바드'는 전장에선 활기가 넘치지만 궁정에서는 매우 답답해 보였다.

어떤 연회석상에서 거드름을 피우던 귀족 자제가 쿠바드에게 이런 질문을 한 적이 있다.

"피와 땀과 먼지에 찌들어 굶주린 배를 움켜쥐고 전장을 돌아다니는 게 어떤 기분인가?"

쿠바드는 느닷없이 귀공자의 몸을 들어올리더니 연회장 한쪽 구석에 놓인 커다란 후카 항아리에 처넣었다.

"뭐, 비유하자면 이런 기분이올시다. 얼른 시원하게 목욕이나 했으면 좋겠달까."

그리고 태연자약 이렇게 말했다는 것이다…….

"그렇다고 해서 자네 같은 용사가 할 일도 없이 황야를 떠돌아다니는 것도 아까운 이야기가 아닌가."

"이건 이거대로 마음 편하네만? 그보다 삼. 자네야말로 지금 누구를 섬기고 있는 겐가. 엑바타나가 함락된 후에 샤오도 왕비도 행방불명됐다고 들었네만."

의아해하는 물음에 삼은 약간 씁쓸한 심정으로 대답했다.

"히르메스 전하를 모시고 있네."

"히르메스……?"

고개를 갸웃거린 쿠바드가 그 이름을 떠올리고, 약간 이기는 했지만 눈살을 찡그리는 기색을 보였다.

"히르메스라면, 그 히르메스 말인가?"

경칭을 붙이지 않는 점이 자유분방한 쿠바드다웠지만, 그래도 어조에는 다소 조심스러워하는 기미가 있었다.

"그렇다네. 지금 나는 그 히르메스 전하를 섬기고 있지."

"살아 계셨군. 그렇다곤 해도 기묘한 인연이 다 있는 걸. 자네가 히르메스 왕자의 부하라니."

어쩌다 그렇게 됐느냐고는 물어보려 하지 않는다. 복잡한 사정과 갈등이 있었음을 눈치챈 것이리라. 삼은 현재 파르스의 상황을 설명하고 동방국경에 아르슬란 왕자가 건재한 것 같다는 이야기도 했다.

"그렇다면 파르스 왕가는 사분오열돼 피로 피를 씻게 되겠군. 이렇게 들으면 아무래도 그 싸움에 말려드는 건 어리석은 짓일 것 같은데. 나는 잊어줄 수 없겠나."

쿠바드가 일어나려 하자 삼이 한손을 들어 제지했다.

"기다려 보게, 쿠바드. 어떤 분이 파르스의 지배자가

되든 루시타니아인들의 포악한 지배를 이대로 내버려둘 수는 없지 않나. 일단은 놈들을 파르스에서 몰아내기 위해 자네의 무용을 빌려주지 않겠나?"

쿠바드는 다시 한 번 눈살을 찡그리더니 융단 위에 주저앉았다. 텅 빈 후카 단지를 동굴 구석에 내팽개치고 한동안 생각에 잠겼다. 기질은 호쾌하고 때로는 거칠게도 보이지만, 젊은 나이에 마르즈반이 된 사내인 만큼 절대 바보는 아니다.

"삼. 히르메스 왕자에게는 자네가 있지. 그럼 아르슬란 왕자에게는 누가 함께 있나?"

"다륜과 나르사스."

"호오⋯⋯?!"

쿠바드는 한쪽밖에 없는 눈을 크게 떴다.

"그게 사실인가?"

"히르메스 전하께 들었네. 확실한 모양이야."

"다륜은 그렇다 쳐도, 나르사스는 나보다도 더 궁정 일을 싫어할 거라 생각했는데 무슨 심경의 변화가 있었는지. 파르스의 미래는 아르슬란 왕자에게 달렸다고 봤나?"

"나르사스는 그렇게 생각했겠지."

왕태자 아르슬란에 대해 삼은 사실 그리 깊은 인상을 받지 못했다. 아트로파테네에 출진했을 때 왕태자는 겨우 막 열네 살이 된 참이었다. 생김새는 나쁘지 않았고

기질도 좋은 듯했으나 뭐니 뭐니 해도 미숙한 소년이 아
닌가.

아르슬란에게는 다륜이나 나르사스 같은 자들의 충성
심을 자극할 기질이 있었던 것일까. 그리고 아르슬란은
과연 안드라고라스 왕의 친아들일까. 그 소년의 몸속에
는 안드라고라스 왕이 말하는 '왕가의 탁한 피'가 흐르
지 않는 걸까.

생각에 잠긴 삼을 쿠바드는 한쪽밖에 없는 눈으로 흥
미진진하게 바라보았다.

"삼. 자네 무슨 생각을 하나?"

"무슨 생각이냐니……."

"진심으로 히르메스 왕자에게 충성을 맹세한 겐가?"

"그렇게 보이지 않나?"

"흐흐응……."

쿠바드는 깔끔하게 수염을 민 턱을 쓰다듬었다. 여자
와 떨어져 동굴에서 생활하는 주제에, 다시 궁정으로
나갈 일도 없을 텐데 면도를 하고 있는 것이 이 사내의
기묘한 점이었다.

"그렇군. 어차피 지금은 할 일도 없으니 자네에게 힘
을 빌려줘도 좋겠지. 하지만 안 내키면 금방 떠날 걸세.
그렇게 하면 어떻겠나, 삼."

IV

3월 10일, 히르메스가 이끄는 파르스군과 템페레시온스는 처음으로 전투를 벌이게 되었다.

자불 성은 대륙공로에서 반 파르상(약 2.5킬로미터) 정도 떨어진 바위산 위에 있다. 이 바위산은 평지에서 거의 수직으로 우뚝 솟은 단애 절벽에 에워싸여 일단 기어오르기가 불가능했다. 바위산 내부를 파놓은 나선형의 길고 긴 계단과 경사로가 평지에 인접한 출입구로 이어진다. 출입구에는 철을 덧댄 두꺼운 문이 이중으로 설치되어 있다.

그러니 농성하는 군대가 출격하지 않는다면 공격하는 입장에서는 느긋하게 마음을 먹고 포위를 할 수밖에 없다. 그러나 히르메스는 처음부터 지구전으로 갈 마음이 없었다. 책략을 동원해 템페레시온스를 유인해낼 생각이었다.

그날 자불 성에서 농성 중인 템페레시온스 장병은 평지에 전개한 파르스군이 진지 앞에 깃발 하나를 세우는 것을 보았다. 그것은 검은 바탕에 은색 문장을 그린 이알다바오트 교의 신기였다. 놀라 지켜보는 템페레시온스 단원들 앞에서 신기에 불이 붙더니 순식간에 타올랐다. 그것은 물론 신기와 똑같이 만든 다른 깃발이었으나 루시타니아인들의 충격은 컸다.

"네 이놈들, 신기를 불태우다니! 천벌을 받을 이교도 놈들. 갈가리 찢어주마."

광신자들이 미쳐 날뛰면 용병이나 전술 따위 문제 삼지 않는다. 장병들은 즉시 갑주를 걸쳤으며, 기사는 말을 타고 경사로를 따라, 보병은 계단을 따라 차례차례 내려왔다. 이중문을 열어젖히고 평지에 진을 친다.

물론 히르메스는 이를 기다렸던 것이었다.

그는 아군을 3개 부대로 나누어 좌익을 삼, 중앙을 잔데에게 지휘케 하고 자신은 우익을 통솔했다. 애꾸눈 쿠바드는 좌익에 배속되었다. 삼과의 관계로 보자면 당연한 결과였다.

"자네 차례는 금방 올 걸세. 잠시만 구경해주게, 쿠바드."

"구경하는 동안 후카 한 잔이 있으면 좋겠는데."

그것이 애꾸눈 사내의 대답이었다. 말도 갑주도 빌린 것이지만 그래도 여전히 위용은 어지간한 기사들을 압도했다.

나팔 소리가 울려 퍼지고 전투가 시작되었다.

템페레시온스는 장창 끝을 가지런히 모아 돌진했다.

기동력보다도 타격력을 중시한 중장기병의 돌격이었다. 상당한 중량감이 있었다.

이에 맞서 파르스군은 먼저 궁전대로 대항했다. 그러나 템페레시온스의 선두 대열은 말까지 갑옷을 걸쳤으므로 날아드는 화살에 별다른 피해도 입지 않고 파르스의 진지로 육박해 파고들었다.

살육이 시작됐다.

거대한 음향이 전장을 지배했다. 하늘은 오가는 화살로 가득했으며 땅은 시체와 유혈로 뒤덮이고, 그 중간에서 파르스인과 루시타니아인이 서로를 베고 찌르고 가르고 후려쳤다. 피 냄새가 전장에 넘쳐났다.

파르스 보병대는 템페레시온스의 압력을 견디다 못해 열 걸음, 스무 걸음 후퇴한 후 반쯤 무너지다시피 후방으로 달려갔다. 템페레시온스는 탄력을 받았다. 저마다 이 알다바오트 신의 이름을 부르짖으며 말을 몰아 추격을 개시했다. 모래 먼지가 피어나 하늘 아래를 뒤덮었다.

그때 히르메스 자신이 이끄는 우익 부대가 돌진을 계속하는 템페레시온스의 측면으로 돌입했다. 한 줄기 강철의 대하에 또 다른 강철의 급류가 밀려드는 것처럼 보였다.

템페레시온스 단원 하나가 깜짝 놀라 고개를 들었을 때 히르메스의 은가면과 장창이 동시에 번뜩였다. 단원은 히르메스의 장창에 완전히 몸통이 꿰뚫려 소리도 내지 못하고 숨이 끊어졌다. 그의 목숨을 빼앗은 창날은 그대로 직진해 또 다른 기사의 옆구리에 박혔다.

여기서 히르메스는 창을 버리고 검을 뽑아, 달려드는 템페레시온스 단원의 옆얼굴에 칼을 처박았다. 기사는 안장에서 튀어나가 핏덩어리로 변한 얼굴을 모래에 처박았다.

"지금일세, 쿠바드. 부탁하네."

삼의 말에 오랜만에 갑주를 걸친 애꾸눈 기사는 말없이 고개를 끄덕였다.

파르스군의 중앙을 돌파한 루시타니아 기사들이 적회색 모래를 말굽으로 박차며 언덕 비탈을 달려 올라갔다. 그 선두에 선 기사 둘이 언덕 위로 뛰어올라 외쳤다.

"이알다바오트 신에게 영광 있으라!"

그 순간 쿠바드의 대검이 허공에서 울부짖었다.

높은 소리와 함께 피보라가 치솟고 템페레시온스 단원 둘의 머리가 투구를 쓴 채 몸통에서 날아갔다. 두 개의 목이 피를 뿜으며 모래에 처박혔다. 루시타니아인들 사이에서 공포와 분노의 포효가 터졌다.

쿠바드는 말의 배를 걷어차 적진 안으로 뛰어들어 좌로 우로 루시타니아인들을 휩쓸었다. 무거운 대검이 믿을 수 없는 속도로 번뜩였다. 안장 위의 쿠바드는 손바닥에서 번개를 쏘는 티슈트리야 신의 화신처럼 보이기까지 했다.

전장에 피로 물든 통로를 만들어내더니 쿠바드는 기수를 돌려 다시 적진으로 뛰어들었다. 새로운 유혈의 길이 대검을 한 번 휘두를 때마다 열렸다. 쿠바드의 완력은 루시타니아인들의 방패를 때려부수고 갑주를 찢어발겼다. 모래 위에 뿌려진 선혈은 금세 스며들어 대지의 일부가 되었다.

　동요하는 루시타니아인들을 향해 삼이 지휘하는 파르스군이 전군 돌격을 감행했다.

　말이 울부짖고, 금속끼리 부딪치는 소리가 울려 퍼졌다. 승자의 노호와 패자의 비명이 연속으로 일어나고 루시타니아인들은 결국 파르스인들에게 밀려 패주했다.

　템페레시온스는 2천이 넘는 시체를 남기고 자불 성으로 도망쳤다. 이중문을 굳게 닫고, 우뚝 솟은 바위산 안에 몸을 숨겨 버린 것이다.

　"이로써 당분간은 출격하려 들지 않을 걸세. 지구전으로 들어갈 생각이겠지만 방법이 있지. 잘 해주었네, 쿠바드."

　적에게서 솟아난 피로 갑주를 시뻘겋게 물들인 삼이 쿠바드를 칭찬했다. 쿠바드가 대검을 칼집에 넣고 무언가 대답하려 했을 때, 잔데를 대동한 히르메스가 말을 타고 다가왔다. 은색 가면 안에서 날카로운 안광이 쿠바드의 얼굴에 날아와 꽂혔다.

"쿠바드라는 게 그대인가."

"어, 뭐……."

별로 정중하다고는 할 수 없는 대답에 잔데가 눈을 부라렸다.

"예의를 지키지 못할까! 이분은 파르스의 정통한 샤오이신 히르메스 전하시다."

"샤오라면 호칭은 전하일 리가 없겠지. 폐하 아닌가?"

이죽거려 잔데의 입을 다물게 만들어놓고 쿠바드는 히르메스의 은색 가면을 바라보았다. 오른쪽 눈에 수상쩍다는 표정이 떠올랐다.

"히르메스 전하. 당신이 정말 히르메스 전하라 치고, 왜 그렇게 남의 눈을 꺼려 얼굴을 감추고 계신 겁니까?"

무례하기 그지없는 질문이었으나 질문한 당사자는 그 무례를 의식하고 있었다. 은가면의 표면에 노기의 아지랑이가 일렁이는 것을 간파하고 씨익 웃었다.

"나도 눈이 하나밖에 없는 낯짝을 드러내고 있소만, 전하도 그렇게 하심이 어떤지? 좋은 샤오가 되기 위한 자격은 얼굴이 아닐 텐데."

"쿠바드……!"

삼이 나직하게 외쳤다. 그는 쿠바드가 싸움을 걸고 있음을 깨달았던 것이다. 전부터 마음에 들지 않는 일이 있으면 샤오도 모른 척하는 자였다. 안드라고라스의 역정을 산 것도 한두 번이 아니었지만 그럴 때마다 무훈을 세워 궁정에 복귀했다.

히르메스는 은가면 너머로 험악한 안광을 쿠바드의 얼굴에 쏘아보냈다.

"삼의 친구 치고는 예의를 모르는 놈이로군. 굳이 왕의 분노를 사고 싶으냐."

쿠바드는 짐짓 한숨을 쉬어보였다. 시선을 옛 친구에게 돌리고, 더할 나위 없이 뚜렷하게 주워섬겼다.

"삼, 자네에겐 미안하네만 아무래도 난 이분과 성미가 안 맞을 것 같네. 아트로파테네에서 깨진 덕에 기왕 자유를 얻었으니 조금 더 이대로 살아보겠어. 이만 작별하기로 하지."

"쿠바드, 성급하게 굴지 말게."

삼의 목소리에 히르메스의 노성이 겹쳐졌다.

"내버려둬라, 삼. 원래 같으면 샤오에 대한 무례를 차륜형車輪刑으로 처벌해야 할 것이다. 그러나 삼을 보아 이번만은 넘어가주마. 두 번 다시 그 불쾌한 낯짝을 내게 보이지 마라."

"관대함에 감사드립니다, 히르메스 전하. 하기야 파르스인끼리 피를 흘리는 건 관두는 게 좋겠지요."

그렇게 내뱉고 쿠바드는 말에서 내려 갑옷을 벗기 시작했다. 방약무인하게 투구며 흉갑을 잇달아 땅에 내팽개

친다. 다가온 삼에게는 그래도 목소리를 죽여 물었다.

"자네는 어떻게 할 텐가. 이대로 히르메스 전하의 진영에 있으려고?"

"아르슬란 전하께는 다륜과 나르사스가 있지 않나. 히르메스 전하께도 하다못해 나 정도는 함께 해드리지 않으면 불공평하겠지. 아니, 나야 미력하기 그지없는 몸이네만……."

갑주를 전부 다 벗은 쿠바드는 평복에 대검만을 걸친 모습으로 다시 말에 올라탔다.

"자네도 고생하겠구만. 히르메스 전하야 어찌 됐든 자네의 무운은 빌어주지. 물론 난 불신자니까 신들에게는 오히려 노여움을 살지도 모르겠지만."

한바탕 웃더니 히르메스에게 말 위에서 고개를 꾸벅하고는 즉시 기수를 돌렸다. 오래 있어봤자 소용없다는 태도였다.

1파르상(약 5킬로미터) 정도 갔을 때 쿠바드는 몸을 돌렸다. 쫓아오는 자는 없었다. 혹시 삼이 말려준 것은 아닐까.

"……너무 성급했나? 생각해보니 아르슬란 왕자하고 성미가 맞으리라는 보장도 없는데."

후카를 채운 가죽 자루를 꺼내 입을 댄 쿠바드는 바람을 향해 씨익 웃었다.

"뭐, 됐어. 마음에 안 들면 거기도 뛰쳐나오면 그만이지. 어차피 길지도 않은 거, 마음에 안 드는 주군 밑에서 정신을 축내는 것만큼 같잖은 인생도 없잖아."

애꾸눈 장한은 후카 자루를 한 손에 들고 말을 몰며 큰 소리로 노래하기 시작했다. 낭랑한 노랫소리와 말발굽 소리는 아무도 없는 황야에서 천천히 동쪽으로 이동했다.

V

파르스의 동부 일대에 20년만의 큰 지진이 발생한 것은 3월 28일 밤이었다.

진동은 카베리 강의 수면을 건너 신두라 서부에까지 이르렀다. 곳곳에서 절벽이 무너지고 땅에 균열이 일어났으며 가난한 사람들의 집이 무너졌다.

페샤와르 성새도 흔들렸다. 땅 위에 지은 이상 당연한 일이기는 했지만.

진동은 상당히 커서 아르슬란도 침대에서 벌떡 일어났고, 마구간에서는 겁에 질린 말들이 날뛰는 바람에 걸어챈 병사의 갈비뼈가 부러졌다. 촛대 몇 개가 쓰러져 화재 소동도 일어났지만 모두 진화되었다. 다만 성벽이나 성관은 꿈쩍하지 않았다.

중상자 1명, 그 외 선반에서 떨어진 병에 머리를 부딪치거나, 마침 술에 취해 걷다가 계단에서 굴러 떨어지거나 해서 몇몇 경상자가 나왔다. 성내의 피해는 그 정도로 그쳤으나 정찰을 가났던 기병들이 마음에 걸리는 보고를 가져왔다.

　"데마반트 산 주변에서 특히 지진 피해가 컸으며 산세마저 변화했다고 합니다. 산에 다가가려 해봤습니다만 길이 낙석과 산사태로 막힌 데다 비바람도 심해 도저히 접근할 수가 없었습니다."

　"데마반트 산이? 그래⋯⋯?"

　아르슬란은 기묘한 불안을 느꼈다.

　데마반트 산은 300년 전 영웅왕 카이 호스로가 사왕 자하크를 땅속 깊은 곳에 봉인했다고 전해지는 장소였다. 페샤와르 성새를 향해 여행하던 도중 데마반트 산을 멀리서 본 아르슬란은 무언가 형언할 수 없는 요기妖氣에 사로잡힌 기분을 느꼈다. 이를 떠올린 아르슬란은 태연할 수만은 없었다.

　"전하, 우리는 어차피 서쪽으로 진군해야 합니다. 마음에 걸리신다면 중간에 자세히 알아보도록 하겠습니다."

　다륜의 말에 아르슬란은 고개를 끄덕였다.

　그는 알 도리가 없었다. 그 무렵, 페샤와르에서 멀리 떨어진 엑바타나 지하에서 암회색 옷을 입은 사내가 제

자들에게 희열에 찬 목소리로 말하고 있었음을.

"……아르슬란 그 애송이 놈도 페샤와르 성에 두더지처럼 틀어박혀 있으면 오래 살 수 있었을 것을. 사왕 자하크 님의 재림이 생각보다 앞당겨질 것 같구나. 맞이할 준비를 태만히 하지 마라……."

그러나 설령 그 말을 들었다 해도 아르슬란은 물러나지는 않았을 것이다.

지금 그의 곁에는 다륜, 나르사스, 기이브, 파랑기스, 키슈바드, 엘람, 알프리드, 자스완트, 그리고 스무 명의 천기장이 있다. 그들의 지지와 협력을 얻어 아르슬란은 파르스의 국토와 백성을 해방할 싸움에 나서려 하고 있었다.

파르스력 321년 3월 말.

페샤와르 성에 있는 왕태자 아르슬란의 이름으로 두 가지의, 역사적으로 중대한 포고가 발령되었다. 양쪽 모두 문장은 다이람의 옛 영주 나르사스가 작성한 것이었다.

하나는 '루시타니아 토벌령'으로, 이는 파르스 전국에 격문을 띄워 전파했다. 그 내용은 고국을 침략한 루시타니아인을 몰아내기 위해 모든 파르스인은 왕태자 아르슬란 아래로 모이라는 것이었다.

또 하나는 '굴람 제도 폐지령'이었다. 이는 아르슬란이 샤오로 즉위한 후 파르스 국내의 굴람을 모두 해방하고 인신매매를 금지할 것임을 명쾌히 알리는 내용이었다.

이 두 가지 포고로 아르슬란은 자신의 입장을 확실히 선언했다. 정치적으로, 군사적으로, 또한 역사적으로. 그는 영웅왕 카이 호스로가 건국한 이래 파르스에서는 최초로 외국의 침략 지배와 자국의 구태의연한 제도에서 백성과 국토를 해방한 위정자가 되려 하고 있었다.

아르슬란의 나이 열네 살하고도 6개월. 그의 앞에는 그가 이미 아는 몇몇 수수께끼와 그가 아직 모르는 수많은 수수께끼가 가로막고 있었다. 이를 모두 극복했을 때, 그는 비로소 '사오슈얀트(해방왕解放王) 아르슬란'이라는 이름을 후세에 전할 수 있으리라.

아르슬란 전기 3

2014년 12월 10일 제1판 인쇄
2014년 12월 24일 제1판 발행

지음 다나카 요시키 | **일러스트** 야마다 아키히로 | **옮김** 김완

펴낸이 임광순 | **제작 디자인팀장** 오태철
담당편집자 황건수
편집1팀 황건수 · 정해권 · 오상현 · 김동규 · 신채윤
편집2팀 유승애 · 배민영 · 권소현 · 박예슬
디자인팀 박진아 · 정연지 · 이신애
국제팀 노석진 · 엄태진 | **마케팅팀** 김원진

펴낸곳 영상출판미디어(주)
등록번호 제 2002-000003호
주소 403-853 인천광역시 부평구 평천로 132 (청천동)
전화 032-505-2973(代) | **FAX** 032-505-2982

ISBN 979-11-319-0379-7
ISBN 979-11-319-0376-6 (세트)

ARSLAN SENKI SERIES VOL.3 RAKUJITSU HIKA
©Yoshiki Tanaka 2012
Illustrations copyright © Akihiro Yamada 2012
Korean translation rights arranged with KOBUNSHA CO., LTD.
through Japan UNI Agency, Inc., Tokyo and KOREA COPYRIGHT CENTER, Seoul

3일간의 행복

나의 삶에는, 앞으로 뭐 하나 좋은 일 따위는 없다고 한다. 수명의 "감정 가격"이 1년에 겨우 1만 엔뿐이었던 것은 그 때문이다.

미래를 비관해 수명의 대부분을 팔아버린 나는, 얼마 안 되는 여생에서 행복을 잡으려고 혈안이 되지만 무엇을 해도 엉뚱한 결과를 낳는다. 헛돌기만 하는 나를 차가운 눈으로 바라보는 "감시원" 미야기. 그녀를 위해서 사는 것이야말로 가장 행복한 것임을 깨달았을 때, 나의 수명은 2개월도 남지 않았다.

**인터넷에서 엄청난 화제를 모았던
에피소드가 마침내 서적화.
(원제 : 『수명을 팔았다. 1년당 1만 엔에. 』)**

미아키 스가루 지음 / 현정수 옮김
문학으로 탐닉하는 엔터테인먼트

사람은, 영혼은 분명 죽음보다 강하다.

베이비 굿모닝

"저는 사신입니다. 당신은 조금 전에 죽을 예
정이었습니다. 그런데 정말 죄송스러운 일이
지만 수명을 삼 일 더 연장했습니다."
여름의 병원. 입원 중인 소년 앞에 나타난 것
은 미니스커트에 하얀 티셔츠 차림의 소녀였
다. 사신에게는 매달 영혼을 얼마씩 모아야
한다는 '할당량'이 있고, 깨끗한 부분만 모아
다가 새로운 영혼으로 만든다 = '페트병의 재
활용 같은 것'이라고 하는데……

"새로운 생명은 항상, 그것은 절망적일 정도
로 이상한 곳, 죽은 자들의 영향에서 벗어날
수 없는 곳에서 태어난다."

코노 유타카 지음 / 한신남 옮김
문학으로 탐닉하는 엔터테인먼트

만능감정사 Q의 사건수첩 6

중소 공장이 만든 옷을 전 세계적으로 유명한 점포에서 유통시킬 수 있다고 호언장담하는 여자가 나타났다. 아마모리 카렌, 26세. 해외 경찰도 주시하는 그녀의 또 다른 얼굴은 바로 '만능위조사'였다. 그녀가 꾸미는 최신이자 최대의 위조품 MNC74란 무엇인가. 가마쿠라의 저택에 초대된 린다 리코를 기다린 것은, 이상하면서도 목적을 알 수 없는 수많은 감정의뢰였다. 리코에게 최대의 라이벌이 등장한다. 오리지널 장편 'Q 시리즈' 제6탄!

만능감정사 VS 만능위조사
린다 리코에게 최강의 라이벌이 등장한다?!

©Keisuke MATSUOKA 2010
カバーイラスト/清原紘
KADOKAWA CORPORATION, Tokyo.

마츠오카 케이스케 지음/주원일 옮김
문학으로 탐닉하는 엔터테인먼트